내 청춘에 후회는 없다

이 화 자 지음

새미

내 청춘에 후회는 없다

내 청춘에 후회는 없다

서 언

  나라현 요시노군 아노우촌 유시노(奈良縣吉野郡賀生村湯溫)는 계절마다 꽃들이 아름답게 피고, 여우나 너구리가 뛰어다니는 산속 마을입니다. 저는 그런 산속 마을에서 태어나 천진난만하게 자랐습니다. 제일동포 2세이지만 주위에는 한국인 가정은 없었기 때문에 일본사람과 같이 자라고, 고조(五條)고등여학교를 졸업한 후 나라(奈良)교육대학에 진학했습니다. 넓은 세계를 자유로이 돌아다니는 것을 꿈꾸며, 영어공부에 온힘을 쏟으며 학교 생활을 마음껏 즐겼습니다. 참으로 "내 청춘에 후회는 없다."라고 말할 정도로 미래의 무한한 가능성에 도전하고 싶은 나날이었습니다.졸업하고 중학교 교사로 취직했지만 거기서 처음으로 재일 동포의 놓여진 환경이 대단히 심각한 것을 느꼈습니다.

그렇다고는 하지만 그 무렵에 일과 육아를 양립시키는 나날이라, 이대로는 청춘의 꿈이 없어질 것 같은 위기를 느껴, 과감히 미국홈스테이 길에 나섰습니다. 이후 미국여행은 연례행사가 되고 인생의 활력소의 근원이 되었습니다. "세월은 화살과 같다." 는 말처럼 눈깜짝할 사이에 육십을 넘은 나이가 되었습니다. 얼마 전에 대학시절에 여러모로 나를 도와주었던 니시 가즈코(西 和子)씨를 만났더니 "당신은 전혀 변하지 않았네. 부러워. 생기가 넘쳐 흐르네."라고 칭찬을 해주었습니다. 보통 주부로서는 엄두도 못낼 공부와 가르치는 일을 하면서 남에게 지지 않을 만큼 열심히 해왔습니다. 모든 사람들의 눈엔 아이를 키우고 주부로서도 고생을 하지 않는 것처럼 보이는 모양입니다. 제가 육십을 넘었다고는 생각되어지지 않는 것 같습니다. 그것은 어쩌면 제가 자유 분방한 사고방식을 가지고 있어서 인지도 모르겠습니다.

니시 가즈코씨한테 이 회고록을 아름답게 장식할 꽃 그림을 그려줄 것을 부탁했습니다. 감사합니다. 표지의 수선화는 나의 생명을 구해 준 꽃입니다. 고등학교 때 민족 편견의 문제로 남자아이들과 말다툼하다가 남자아이들이 밀어뜨린 자전거에 엉덩이를 다쳐 결국 그 곳이 심하게 곪아 다리를 절단하라는 의사의 진단을 받았지만, 어머니의 수선화 뿌리를 이용한 특별한 요법으로 다리는 절단하지 않고도 깨끗하게 다리를 완치한 경험이 있어 그 후 저를 구해준 수선화에 감사하는 마음으로 이 책의 표지 그림은 수선화로 했습니다.

어머니는 82세로 생애를 마치셨습니다. 자식을 위해 가정을 위해 일생을 바친 여성이셨습니다. 제가 소학교 때 눈물을 지으면서 "달님 저를 데리고 가줘요" 라고 달님에게 빌고 계시는 어머니의 모습을 여러번이나 봤습니다. 지금 생각하면 그 당시의 어머니는 슬프고 괴로웠을 것입니다. 달님이 정말로 어머니를 데리고 갈 것만 같은 생각이 들어 무서움에 떤 적도 있었습니다. 또 제가 너무 심하게 놀아 열이 났을 때에는 삼나무의 가지랑 잎사귀를 그슬려서 저를 그 연기 속으로 지나가게 하면서 무엇인가 중얼중얼 기원하면서 열을 내리게 해준 적도 있었습니다.

이 회고록은 그런 어머니, 아버지께 바치는 책이기도 합니다.

또 아이들에게는 재일동포 2세의 살아가는 모습 그대로 이해해 주었으면 하는 바람입니다.

최근 세계가 청소년의 교육 문제로 심각한 현상입니다. 특히 미국에서는 청소년 흡연자가 많이 늘어나고 도덕적으로 생각할 수 없는 심한 경우가 많이 있습니다. 앞으로 나라를 짊어질 젊은이들을 잘 키우기 위해서는 역시 어릴 때부터의 예절 교육이 중요하므로, 어른들의 각별한 교육 방법이 필요하다고 봅니다. 그래서 미국에서는 청소년의 도덕 정신을 향상시킨다는 점에서 동양사상, 특히 공자 맹자의 교육 사상이 각광을 받고 있습니다. 생각해 보면 일본의 예법, 사상도 유교를 근본으로 한 것이지만 현재의 일본은 그런 훌륭한 예절을 스스로 포기하고 있다는 생각이 들어 안타까운 마음입니다. 미력하기는 하지만 청소년의 건전한 정신을 육성시키기 위해서는 고등학교 때 배운 논어의 사상대로 그 도덕을 재조명하는 작업을 남은 생의 과제로서 하고 싶습니다. 여러분의 지도 편달을 잘 부탁드리겠습니다. 마지막으로 이 책의 발간에 있어서 정찬용 사장님께 감사의 말을 하고 싶습니다. 감사합니다.

이화자

차 례

아버지와 어머니

저는 1933년 3월 1일 쇼와(昭和)로 말하면 8년 나라현 요시노군 아노우촌 유시오(奈良縣吉野郡賀名材湯塩)라고 하는 산 속 마을에서 태어났습니다. 산 속 마을이라 새, 원숭이, 멧돼지, 여우, 너구리도 굉장히 많이 있었고 계절마다 색다른 꽃과 초목도 가지각색이었습니다.

일정한 직업이 없는 아버지는 그 당시 어딘가에 돈벌이를 하러 나가 계셨던 중이고 어머니는 혼자 힘으로 애를 낳고 탯줄을 끊고 더러워진 것들을 빨았다고 합니다. 초산이었기 때문에 모성본능에 맡긴 채로 처리를 했던 것이지만 역시 산후몸조리가 나빠서 2개월 동안이나 눕고 말았다고 합니다. 그때 어머니는 19살이었습니다. 움직일 수 없게 된 모자를 차마 눈뜨고 볼 수 없었던 동네 사람이 보살펴 주어서 간신히 살아났다고 합니다. 모유도 나오지 않아서 부모 자식이 함께 죽어도 이상하지 않을 정도의 상황이어서 어머니는 나중에 "너의 운이 강했기 때문에 살아난 거야." 과거를 돌이켜보고 한숨을 쉰 적도 있었습니다 그 한숨에는 운이 강하다는 것뿐만 아니라 2개월이나 빨리 태어난 미숙아인데도 불구하고 잘 무사히 성장했구나 하는 감개무량도 포함되어 있었습니다.

당시의 어머니는 그 날 그 날의 끼니를 이어가기도 어려운 생활이었기 때문에 영양실조가 되었습니다. 임신해서 8개월만에 태어난 저는 손바닥에 올려놓을 수 있을 정도로 작은 아기이고, 머리카락도 한 가닥도 없었다고 합니다.

"이 아이 살 수 있을까?"

라는 말을 자주 들어서

"1년 정도 되어서부터는 너의 머리를 면도칼로 밀어 주었단다. 자극시키면 좋다는 말을 들었단다. 그랬더니 정말로 머리카락이 나왔단다. 지금이야 어느 누구보다도 머리카락이 많을 정도이지만…"

어느 때는 우스개 소리로 이야기하는 때도 있었지만 그 당시의 어머니에게는 필사적이었다고 하며, 왠지 앞날이 걱정되는 아이였다고 합니다.

"너는 사내아이로 태어났다면 천하를 호령하는 운세를 타고난 아이라고 점쟁이가 말했단다. 뱃속에 있을 때부터 그런 말을 들었기 때문에 넌 여자라서 손해를 본 거야."
라는 말을 어머니께 자주 들었습니다.

아버지의 이름은 이상황이라고 하며 1902년 임인(壬寅)
년 전라남도 영암군의 도포면에서 태어나 자랐습니다. 아
버지 집에는 다소 논밭이 있어서 어느 정도의 생활을 할
수 있었습니다. 13살 때에 아버지가 세상을 떠나서 그 후
는 어머니 혼자서 키우셨습니다.

할아버지의 동생뻘이 된 작은 할아버지가 후견인이 되었
지만, 작은 할아버지는 웬일인지 점점 술에 빠지게 되어
후견인이라는 핑계로 그 얼마 안 되는 재산을 탕진해 버렸
습니다. 결국 살림 형편도 점점 나빠져서 작은 할아버지
밑에서 자라면서 고생해온 아버지는 농사일에 열심히 일을
하면서도 술에 빠진 작은 할아버지의 모습을 보는 것도 좋
지 않아 일본에 가면 좋은 일자리가 있다는 꾐에 빠져서
친구들과 함께 오사카(大阪)로 와버렸습니다. 다시 말하자
면 작은 할아버지에게 논밭을 다 빼앗기고 내 쫓겨난 신세
가 되고 말아 결국 일본에 오게 되었다는 것이지만 이유야
어쨌든 사탕발림에 속아 일본에 돈 벌러 간다는 것은 일본
식민지에 있었던 당시의 조선 젊은이들이 걸어간 일반적인
길이었습니다.

어머니의 이름은 나연순으로 1913년 계축(癸丑)년 생이
었습니다. 어머니는 3살 때에 어머니를 잃었습니다. 남동생

을 출산한 후 몸조리를 잘 못한 탓입니다. 어머니의 아버지는 전라남도 나주에서 의사를 하고 있었습니다. 할머니하고 사이가 아주 좋았습니다. 할머니의 친정과 시집은 곡식 창고가 있을 정도로 여유가 있었다고 합니다. 하녀도 20명 정도나 있어 추석이나 설날 때는 밥을 지어서 온 마을 사람들에게 나누어주었다고 합니다. 그러나 사랑하는 처를 잃고 난 쇼크 때문에 할아버지는 자포자기하여 매일 밤마다 술집에 가서 곤드레 만드레가 되어 돌아오기가 일쑤였다고 합니다. 그러나 환자를 진찰할 때는 아무리 술을 마셔도 정신을 바짝 차려서 했다고 하지만 결국 하녀들도 하나, 둘씩 할아버지 곁을 떠나게 되었고 쓸쓸해진 할아버지는 2년 정도 지나 재혼을 해서 어머니는 계모 밑에서 자랐습니다. 할아버지의 술버릇은 낫지 않고 집은 계속 기울어 가기만 해서 계모도 고생의 연속이었다고 합니다. 어머니는 여기저기 유복한 친척집들을 전전하는 생활을 하게 되었다고 합니다. 그래서

"빨리 시집이나 보내야지."

할아버지와 친척들의 바램으로 17살이 된 어머니는 아버지한테 시집가게 되었다는 것입니다. 그때 아버지는 28살로 일본에 돈을 벌러 가 있었지만 나이도 먹을 만큼 먹어 결혼하기 위해 고향에 돌아왔다고 합니다. 소문에 의하면 "저쪽 마을에 얌전한 딸이 있으니까 술 한 병들고 가서 부

탁해보렴. 처녀의 아버지가 술을 굉장히 좋아한다니까….”
말을 전해 듣고 즉시 술 한 병을 사들고 가
　“따님을 색시로 주십시오.”
　라고 부탁했습니다. 어머니 쪽의 할아버지는 술에 정신
을 팔린 탓도 없지는 않았지만 왠지 아버지하고 이야기가
맞아서 아버지를 굉장히 마음에 들어한 것 같았다고 합니
다. 그 날 밤
　“오늘 본 청년은 훌륭한 것 같더구나. 옆 마을 염암에서
산다니까 이곳 나주하고도 가까우니 그 남자하고 결혼해
라.” 하는 단 한마디 뿐 이었다고 합니다. 어머니는 얼굴도
본 적 없는 남자였지만 아버지는 어디선가 어머니를 몰래
훔쳐보았을 겁니다. 부모님들이 정하고 본인들은 얼굴도
모른 채 결혼하는 것은 당시 조선에서는 당연한 일로 어머
니 아버지도 그런 결혼의 한 예였습니다.
　혼인 날짜가 빨리 결정되어 당일 어머니는 가마를 타고
아버지 집으로 갔습니다. 결혼식 의상을 몸에 두르고 마을
사람과 친척들에게 축복을 받으며 조촐한 결혼식을 올렸습
니다. 그 당시 어머니는 17살이고 아버지는 28살이었습니다.
　결혼 첫날밤에 어머니에게 생리가 없는 것을 안 아버지는
　“일본에는 돈벌이가 좋으니까 내일부터 돈벌러 갈게. 당
신도 데리고 갈 예정이었지만 당신은 아직 어린 아이니까
여기 남아 있어. 2, 3년 후에 데리러 올게.”

말씀했습니다. 스스로 판단할 힘이 없었던 어머니는 아버지의 말대로 고개를 끄덕일 뿐이었습니다. 다음 날부터 아버지가 일본에 가 버리고 혼자 남은 어머니는 독신 시절과 다름없는 생활이었지만 단지 사는 곳이 아버지 집으로 바뀌었다는 것뿐이었습니다. 그것은 어머니에게 있어서 예측할 수 없었던 커다란 환경의 변화였습니다. 시집에는 작은 아버지 내외가 크게 설치고 있었습니다.

여러 가지 이유를 붙여서 어머니를 괴롭혔지만 세상을 잘 몰랐던 어머니는 꾹 참고 식사 준비는 물론이고 하나부터 열까지 모든 일을 하느라고 하루종일 일만 했습니다. 결혼해서 2년 후 아버지가 일본에서 훌쩍 돌아와 간신히 첫날밤을 지냈습니다. 대개 여자아이는 14, 15세 때 초조를 경험하는 것이지만 어머니의 경우는 특히 늦어서 19세가 되어서야 겨우 초조를 경험했습니다. 초조가 있었다는 것을 안 아버지는

"당신도 이제는 어른이 된 여자야. 일본은 좋은 곳이니까 함께 갑시다. 돈벌이도 좋아."

하며 어머니를 설득했습니다. 어머니도 시집에서 2년 간이나 온갖 고생을 경험했기 때문에 남편을 따라 나서기로 했습니다.

아버지와 함께 오사카(大阪)에 온 어머니는 빈민굴 같은 연립 공동주택의 한 칸을 얻게 되었습니다. 어머니는 거기

가 이카이노라는 것을 알 리가 없었습니다. 부부의 방이라고 있는 그 방에는 여러 명의 사람들이 들락날락하고 밤이 되면 남녀가 여럿이 함께 뒤섞여 잤습니다. 아버지는 이렇다 할 직업도 없이 어느 날 공장에서 일을 하는가 하면 어느 날은 또 다른 곳에서 다른 일을 하곤 했습니다. 어느 때에는 며칠이나 집을 비우는 일도 있었고 그렇게 아버지가 집을 비우는 날에는 잠자리가 더욱 불안해서 뜬눈으로 밤을 새우지 않으면 안되었습니다.

돈을 많이 벌 수 있다고 하던 아버지의 돈벌이는 얼마 안되었습니다. 월말이 되면 집세를 독촉 받았습니다. 의지할만한 남편은 어딘가에 일하러 나가고 없고 생각한 끝에 어머니는 가까운 공장에 들어가 일하기로 했습니다. 그 공장은 만년필 펜촉을 가는 곳이었습니다.

연마제에 담가두었던 펜촉을 하루종일 주물러서 광을 내는 작업으로 손이 피투성이가 될 정도로 힘든 일이었습니다. 얼마의 돈을 벌기 위해서 참고 해내지 않으면 안되고 자기가 생각했던 것과 다른 나날이었습니다. 아버지의 말대로

'일본은 좋은 곳이야.'

하고 느껴져야 하는데 어머니에게는 오히려 고통이 끊일 새 없는 나날이었습니다.

'이런 것은 아니었는데…'

하고 생각해도 어찌할 도리가 없었습니다.

1, 2개월쯤 지나자 남녀 혼숙의 잠자는 생활은 어머니에게는 더 이상 참을 수 없었습니다. 아버지에게 이야기 해 보니

"조선 사람들이 아무도 없는 곳에 가지 않으면 안되겠군."

하며 머리를 감쌌습니다. 아버지는 친구 관계가 상당히 힘들었던 모양으로 고민하는 날이 많았습니다. 「사실은 소설보다도 더 기이하다.」라고 하지만 어느 초가을 날 바람에 날려 50엔짜리 지폐가 하늘에서 날아와 아버지의 발 밑에 살짝 떨어졌습니다. 고민하고 있던 아버지는

'하늘의 도움이야…'

하고 생각하며 50엔 지폐를 꽉 쥐고 어머니의 손을 잡고 기차에 올라탔습니다. 어느 기차에 어떻게 탔는지 어머니는 물론이고 아버지도 알 수 없었습니다. 가는 곳이 어딘지 상관없었습니다. 다만 조선사람이 없는 곳으로 가고 싶었던 것입니다. 밤새 달려 도착한 곳이 나라현의 고죠(五條)역이었습니다 .아는 사람 한 명 있을 리가 없었습니다. 여관에 머무를 돈도 없기 때문에 어쨌든 걷고 또 걸어 적당한 곳에 야숙을 했습니다. 다음날 아침 또 산쪽으로 향해 정해진 곳도 없이 터벅터벅 걷던 부모님은 걷는 일에 정말이지 손들었는지

"저기에 가봅시다."

어머니가 아버지에게 손짓을 하는 곳이 커다란 농가였습니다. 근처에 인기척 없는 작은 오두막집도 세워져 있었습니다.

부모님은,

"저기 작은 오두막집이라도 좋으니까 머물게 해주십시오."

라고 부탁해 보자,

"어머나 불쌍해…"

동정하며 여러가지 물었습니다. 부모님이 사정을 대충 이야기하자

"그렇다면 우리 집 일을 거들어 주시겠어요?"

이야기가 되어 그 날부터 농가의 일을 돕게 되었습니다. 살게 된 오두막집은 누에를 기르고 있는 곳으로 거기서 머무르면서 누에 키우고 농사일을 거들게 되었습니다. 그것은 고조의 이마이에장지(今井榮山寺)라고 하는 곳으로 오두막집의 뒤쪽에는 강이 흐르고 있었습니다. 말하자면 사람의 도피행이라고 말할 수 있을까. 도망친 이유는 아무것도 없었지만 친구와의 인연을 끊기 위해서의 도피였습니다. 그 농가에서 일을 거들며 1년 가까이 지냈지만 검소한 생활이라고 해도 이카이노에서의 생활에 비하면 '하늘과 땅 차이'였습니다. 부모님은 간신히 둘만의 신혼생활 같은

것을 맛볼 수 있었습니다. 그러는 동안에 임신도 했습니다. 저를 가졌던 것입니다. 거기서의 생활에 익숙해지자 아버지는 가끔 근처 농가까지 가서 일을 하게 되었습니다.

"좀 더 나은 곳에서 아기를 낳고 싶어요."

라는 어머니의 청으로 교죠보다 좀 더 산 속 깊은 곳의 아노우촌 유시오(賀生材湯塩)라는 곳에서 번듯한 오두막집을 찾아냈습니다.

유시오는 그 이름대로 옛날 온천이 나왔던 곳이라고 전해져 내려오고 있지만 아노우 마을은 역사적으로 유명한 곳으로 지금부터 700년 정도전에 무로마찌(室町)[1]막부의 말기 남조(南朝)와 북조(北朝)로 나뉘어져 싸웠던 때 아노우의 마을에서는 남조의 고다이고 천황과 고무라카미(後材工)천황의 집정소가 설치되었습니다. 아직도 중요문화재로서 현존하고 있습니다.

---

1) 아사카가더가우지(足利尊氏)가 1338년 교토(京都)의 무로마찌에 연 막부

가 족

저의 생일인 3월 1일은 조선 민족에게 있어서는 잊을 수 없는 중요한 날입니다. 제가 태어나기 14년 전인 1919년 3월 1일에 조선 전토에서 일본으로부터의 독립을 외치며 ≪3·1독립운동≫이 일어났기 때문입니다. 그 9년 전인 1910년 8월 29일에 그때까지의 대한제국이 일본에 합병되어 국호도 조선으로 개정되고 조선총독부가 설치되어 초대 총독에 테라우치 마사키가 취임했습니다. 이후 조선은 1945년 8월 15일까지 일본이 태평양전쟁에서 패배할 때까지의 36년 간 아시는 바와 같이 일본의 식민지로서 통치되었던 것입니다.

제가 태어나서 얼마 안 되어서 히나(雛)축제1) 때 유시오

---

1) 3월 3일 여자아이의 명절에 지내는 행사에 일본 옷을 입힌 작은 인

(湯塭)의 산골에도 꽃파는 사람이 와서

"꽃이요, 꽃. 꽃 사지 않겠습니까?"

맑은 목소리가 들렸습니다. 산후 얼마 되지 않은 어머니는 지친 몸으로 그것을 들었던 것일까 거기에 빨려 들어가는 것같이

"꽃은 아름답지 그래 하나코(花子)[2]가 좋아. 여자아이니까 예쁜 이름으로 하자."

해서 저는 하나코라고 지어졌습니다. 아버지는 낡은 봉건적인 사고방식의 소유자였기 때문에 저의 이름 같은 것은 아무래도 좋았던 것입니다. 달수도 부족한 상태에서 태어난 저는 허약체질로 게다가 영양실조까지 겹쳐서 항상 열이 나고 감기도 잘 걸려 병치레가 잦았다고 합니다. 그래도 걸음마는 빨랐던 듯 만 1년 되기 전에 벌써 달음박질쳤다고 합니다. 말하는 것도 다른 아기들에 비해 빨랐다며,

"이 아이는 체구는 작은데 굉장히 똑똑해 보이는 구나. 아주 귀여워라."

라고 사람들이 자주 말했다고 합니다.

5살 정도 되었을 때 그때까지 허약했던 것이 거짓말 같이 건강해지고 남자아이한테도 지지 않을 정도로 거칠게

형 등을 진열하고 떡, 감수, 복숭아, 꽃들을 차려 놓음.
2) 일본말로 꽃을 하나(花)라고 함.

놀았다고 합니다. 저는 개구쟁이였기 때문에 매화 나뭇가지로 어머니에게 매를 많이 맞았습니다. 그런 일이 반복되는 가운데 저는 성격이 강하게 되었습니다. 놀이는 전부 남자아이들의 놀이로 칼싸움 같은 것은 저의 특기였습니다. 게다가 나무 막대기로 상대방을 때리기도 하고 돌을 던지기도 하며 남자아이들하고만 놀고 여자아이들의 인형놀이 같은 것은 왠지 별로 흥미가 없었습니다. 구슬치기도 잘했습니다. 구슬이 예뻐서 남자아이들로부터 여러 가지 색깔의 구슬을 모으기 위해 필사적이었습니다. 딱지치기도 아주 잘했습니다. 여러가지 그림이 그려져 있는 종이로 만든 것을 '팡'하고 뒤집어 빼앗는 놀이로 남자아이 하고도 잘했습니다. 지면 분해서 딱지를 뒤집을 때 교묘하게 자기 손가락을 사용하는 속임수도 부렸습니다.

그러면

"그건 반칙이야, 반칙."

"뭐라고? 너 지금 뭐라고 했어?"

하고 대들면 그 아이는 꼼짝도 못했습니다.

그래서 언제나 1등을 이겼습니다. 같이 잘 노는 여자아이도 2명 정도 있었는데 한 명 하고는 싸움을 곧잘 했고 또 다른 한 명은 저에게 순종해주는 아이였습니다. 두 아이는 모두 저보다 키가 크고 곧잘 싸움하는 아이는 저보다 큰 체격으로 마을에서도 제일 컸습니다. 그런 커다란 아이

라도 지식면에서는 마을에서 제일 작은 저한테는 어쩌지도
못하고
　"너 이것 알아? 저것 알아?"
　저의 약올리는 질문에 머뭇거리며 허둥지둥 달아났습니다.
　놀이 도구는 그 근처 아무데나 굴러다니는 돌이라던가
막대기 같은 것이었습니다. 밤이나 도토리, 메밀잣밤나무의
열매 같은 것을 모으기도 하고 또는 자운영 꽃으로 배를
만들기도 하는 소박한 놀이었습니다. 그 중에서도 도토리
는 아주 알맞은 재료로 도토리에 성냥개비를 꽂아 사람이
나 여러 가지 동물의 모양으로 만들기도 하며 그 외에도
여러 가지로 만들었습니다. 메밀잣밤나무의 열매줍기 위해
산에가 어머니 손가락보다 큰 열매를 짜면 단맛이 나는 빨
간 열매의 「양매」를 발견해서 잘 먹었습니다. 저는 원숭이
처럼 나무타기가 특기였습니다. 남자아이에게도 지지 않았
습니다. 가는 대나무에도 올라갔습니다. 그럴 때는 몸이 작
은 쪽이 유리했습니다.
　"대나무타기 할 수 있어?"
　같이 간 남자아이를 꼬득이면
　"그런 것쯤 할 수 있어."
　"그럼 해봐."
　그 남자아이가 도중에서 포기하면
　"바보"

업신여기기도 했습니다. 나무타기에서도 모든 사람들이 잘 못 올라갈 것이라고 생각되는 꼭대기까지 올라가서

"올라와봐. 올라오지 않으면 돌멩이 던질 테다."

하고 협박하기도 했습니다. 올라타기를 하는 나무는 삼 목 소나무 메밀잣밤나무 밤나무 등이었습니다. 감나무에는 한 번 올라간 적이 있었는데 "팍"하고 꺾어져 위험한 적도 있었습니다.

"올라가면 안 돼. 감나무는 물러서…"

하며 어머니는 화를 냈습니다. 그 이후로는 감나무에는 올라가지 않도록 했지만 소학교에 올라갈 때까지는 그렇게 싸운 기억 밖에 없는 것 같습니다.

아노우(賀君王) 소학교의 입학식 때는 부모님도 함께 참 석하지 않으면 안되었기 때문에 어머니가 데리고 가주셨지 만 집주인 딸도 같은 나이라서 함께 갔습니다. 저의 집은 가난했기 때문에 옷을 살 돈도 없었습니다. 재봉을 잘 했 던 어머니는 자신의 옷을 밤새 고쳐서 저의 스카트와 윗도 리를 새롭게 지어 주셨습니다. 세련된 느낌으로 집주인 아 이의 옷과 대조가 안 될 정도로 훌륭하게 만들어 주셨습니 다. 집주인은

"당신 가난한 주제에 그렇게 좋은 옷을 어디서 샀어?"

"아니에요. 어제 밤 만든 거예요."

"그런 것도 만들 수 있어?"

"머리가 다르니까요."

라며 어머니는 득의하게 잘난 듯이 말했습니다. 집주인 딸은 영양실조로 파란 얼굴을 하고 있는 저보다 한, 두배나 몸과 키가 커서 제가 주눅 들어 있으면

"너는 훌륭한 사람이니까…"

라며 격려해 주었고 집주인에게도 기가 죽지 않는 어머니의 당당한 모습에 안심하고 저도 당당하게 가슴을 펴고 집주인 모녀와 함께 꾸불꾸불한 산길의 아래쪽으로 내려갔습니다. 한시간 정도 걸어가자 아노우 소학교가 있었습니다. 아노우촌 와다(和田)이라는 곳으로 그 지역이 아노우 마을의 중심지였습니다. 학교에 도착하니 역시 기뻤습니다. 집주인네는 과수원을 하고 있는 큰 농가로 부자였지만 때로는 싫은 소리를 들을 때 있었는데 그럴 때는

"당신네는 우리 조선을 잘 모르니까 그렇게 말하지만 이 정도는 아무것도 아니야. 복국에 있는 우리 집은 당신네 집보다 수십배나 더 멋진 저택이야."

하며 동등한 관계로 주눅들지도 않고 당당하게 응수하곤 했습니다.

처음 받은 교과서는 검은 칠을 한국어 책으로 칼러 그림이 그려져 있고

「나아가자. 나아가자 병대 나아가자」와 「벚꽃 벚꽃 벚꽃이 피었다.」라는 문장이 있고 맨 마지막에는 모모타로(桃

太郎)3)가 도깨비를 퇴치하는 이야기가 실려 있습니다.

그 학교는 작은 학교로 우리 반은 학생이 30명 정도였습니다. 그렇지만 국민학교가 된 때부터 도시에서 피난 온 사람들이 몰려들어 졸업할 때에 쯤에는 58명이나 되었습니다. 교문을 들어서면 교정을 사이에 두고 목조 강당과 교실이 있었습니다. 현재는 그 건물은 전부 헐고 새로 철근 교사로 변해 있었습니다.

통지표의 평가는 1학년 2학년 때에는 「갑·을·병」(甲·乙·柄)이었지만 3학년 때부터는 「수·우·양·가」(秀·優·良·可)로 변했습니다. 저의 성적은 거의 모두 갑이었지만 체육만은 언제나 병으로 불공평한 듯한 느낌도 들었습니다. 개구쟁이라서 나무타기는 잘했지만 체구가 작은 저는 뜀틀을 뛰어넘기가 가장 힘들었습니다. 상급생이 되어도 체조만은 언제나 「양」으로 「우」는 주지 않으셨습니다.

소학교에 들어갔을 때 교정에서는 여자 어른들이 짚으로 만든 인형에 죽창을 "팍"하고 찌르는 죽창 훈련을 열심히 하고 있었는데 저는 어린 마음에 '뭐 하고 있는 걸까. 이상한 짓을 하고 있네.' 라는 이상한 마음이 들었지만 그 의미는 알 수 없었습니다. 그때는 식량난으로 쌀밥 같은 것은 우리 집에서는 당치도 않은 이야기로 저는 때때로 도시락 없이 학교에 갔습니다. 점심 시간이 되면 교실을 빠

---

3) 복숭아에서 태어났다는 동화의 주인공

져나와 다리 밑의 니부(丹王)강가에서 송사리나 독중개 같은 작은 물고기에 돌을 던지기도 하며 굶주림을 견뎠습니다. 어느 때는 선생님이 눈치를 채시고 저를 불러 들여 선생님의 알루미늄 도시락에 들어있는 밥을 도시락 뚜껑에 나누어 주셨습니다. 그때의 계란 부침의 맛은 지금도 잊을 수 없습니다. 선생님 정말 고마웠습니다. 어머니의 요리는 대개가 조림류였습니다. 일에 쫓겨 집안 일을 할 시간이 없었던 어머니는 손이 많이 가는 요리를 만들 시간이 없었지만 그렇다고 대충 요리를 만들 수도 없고 해서 조림류가 제일 간편하게 만들 수 있는 요리였는지도 모르겠습니다. 어머니는 보름날이나 추석 때에는 반드시 쌀을 갈아 경단을 만들어 마을 사람들에게 나누어주었습니다. 어느 때는 저도 거들기도 했습니다. 특히 동지에 자주 먹던 "단팥죽"은 정말 맛있었습니다. 아버지가 팥밥4)을 좋아해서 어머니는 무슨 특별한 날이면 팥밥을 지으셨습니다. 그리고 어머니는 집안 일할 시간이 없다고 해도 8명의 동생들의 생일날이면 반드시 팥밥을 지어서 축하해 주셨습니다. 그래서 생일날에는 상위에 진수성찬을 차려 놓고 동생들도 모여서 기쁜 마음을 느꼈습니다. 그 탓인지 어쩐지 잘 모르겠지만 찰팥밥을 가장 좋아하게 되었습니다.

　어머니의 예절 교육은 굉장히 엄했습니다.

---

4) 경사스러운 날에 먹음.

"여자아이는 시집갈 거니까…"
라며 행동거지를 엄하게 점검하셨습니다.

식사할 때는 이야기하지 말고 무릎을 반드시 붙여 앉고 예의 바르지 못한 행동은 용서하지 않으셨습니다. 행동이 바르지 않으면 어김없이 매화나무 가지로 장딴지를 때리고
"남에게 절대 폐를 끼쳐서는 안된다."
라며 매우 강경하게 깨우쳐 주셨습니다.

그리고,
"남을 때려서는 안 된다."
라는 말을 자주 하셨습니다. 자기 자식은 얼마든지 때려도 괜찮다는 말인가요. 석연치 않은 무언가가 남았지만 그렇다고 해도 어머니의 말씀을 거역할 수도 없었습니다. 제가 제일 위인 탓에 제일 많이 얻어맞았습니다. 때로는 얻어맞을 짓도 하지 않았는데 얻어맞아서 화가 날 때도 있었습니다.

무슨 일로 동생들을 울리면 알몸이 되어 매화 가지로 얻어맞았습니다. 저는 알몸이 되면 필사적으로 도망칠 뿐이었습니다. 눈이 내리는 날에는 어머니의 매로부터 도망치기 위해 발시려움도 잊고 문 밖의 눈 위를 필사적으로 도망다녔습니다.

"우리 어머니는 정말 잔혹해. 어딘가 부족한 거 아냐?"
원망하며 도망칠 수밖에 없었습니다.

그 다음 날 마을 사람들로부터

"알몸으로 잘 달리더구나."

하며 놀림을 받고 정말로 창피해서 거기에 더 이상 있을 수 없을 정도로 얼굴이 뜨거웠습니다.

"어려운 생활 속에서 돈도 없고 애들 돌보는 일도 바쁜 때에 너는 나쁜 짓만 하고 있었단다. 그렇게라도 하지 않으면 말을 듣지 않는 아이였단다."

라고 할 정도로 저는 남자 아이 못지 않게 개구쟁이였습니다. 그러한 어머니의 태도는 저를 점점 강하게 해 주었습니다. 싸움도 강하게 되고 다행인지 불행인지 여자인 주제에 마을에서 일등인 골목대장이 되었습니다. 약한 애를 괴롭히는 아이가 있으면 위를 올려다 볼 정도로 키가 커도 「딱」하고 걷어치기도 하고 그것도 안 될 때는 돌을 던져 쓰러진 아이를 깔고 앉아 딱딱 때리고

"또 할거야."

위협했습니다. 그러자,

"용서해. 용서해줘."

하며 두손들어 끝나곤 했습니다.

소학교에 다닐 때는 산을 오르락 내리락 해서 길의 중간쯤 되는 곳에 커다란 바위가 있었습니다. 그 커다란 바위는 "구러이와"라고 불렀고 그 주변은 경치가 아름다워 다시 없는 휴식처가 되었습니다. 바위 앞길은 상당한 급경사

이고 돌멩이가 떼굴 떼굴 구를 정도였습니다. 어느 때는 사람도 구른 적이 있습니다. 학교에서 집으로 돌아가는 길에 못된 장난을 치거나 약한 아이를 괴롭혔던 나쁜 개구쟁이를 혼내주려고 할 때는 남들보다 먼저 커다란 바위 있는 데까지 뛰어올라가 그 바위 뒤에 숨어서 기다리다가 대나무의 몽둥이로 그 나쁜 개구쟁이의 발을 퍽 하고 걸어차면 급경사인 언덕을 떼굴 떼굴 굴러갔습니다. 그 이후로는 나쁜 짓도 그만 두게 되었지만 그런 방법으로 나쁜 개구쟁이에게 제재를 가했기 때문에 마을의 남자아이들도

"저 애한테 걸리면 힘도 세고 머리도 좋기 때문에 이겨낼 수 없어. 시키는 대로 하는 것이 좋아."

이렇게 되어 모두 저를 따르게 되었습니다.

아버지는 얼굴을 보기만 하면

"여자는…"

라는 식으로 언제나 가볍게 취급했습니다. 동생이 태어나자 남자와 여자의 대우가 더욱더 확실해졌습니다. 반찬으로 생선이 나오면 장남인 동생에게는 아버지와 똑같은 분량의 생선이 앞에 놓여졌지만 그 아래 애들은 남자든 여자든 통틀어 취급했고 3분의 1정도씩의 분량이 나머지 애들 앞에 놓여졌습니다. 어머니는 그런 차별을 하는 것을 싫어하셨지만 아버지가 그런 사고방식이 철저했습니다. 식사하는 장소는 동생들의 갈등의 장소이기도 했습니다. 산

골에서의 단백질 공급원이라고는 가끔 나오는 생선 정도이고 고기 같은 것은 1년에 한 번 설날 정도였습니다. 그래서 계속 영양실조라고 해도 과언이 아닌 상태였습니다. 저는 원래 영양실조 상태로 태어나 형제 중에서도 제일 작게 자랐기 때문에 어쨌든 다른 애들 보다 많이 먹지 않으면 안된다고 생각했습니다. 게다가 장남이라고 해도 내 동생임에는 변함이 없었습니다. 그런 차별적인 대우에 화가 난 저는 동생이 다른 데를 보고 있는 사이에 동생 몫의 생선을 휙 가로채서 날쌔게 먹어버리곤 했습니다. 그러면 동생은 왕왕 하고 울며 고자질하고 제가 동생의 생선을 빼앗아서 먹었다는 것을 부모님이 아시면 매화나무 가지로 얻어맞게 됩니다. 그래서 와앙하고 우는 동생의 넓적다리를 꽉 꼬집으면 울기만 할 뿐 고자질하는 일은 없었습니다. 나중에 저에게 혼나는 것을 무서워했기 때문이었습니다. 부모님에게는 아이가 굉장히 많아서 저의 밑에 남동생과 여동생이 7명이나 있습니다. 저의 바로 밑의 남동생은 3살 차이로 그 다음 여동생으로 2살 밑 그리고 남동생으로 3살 밑 그리고 또 여동생으로 2살 밑 이렇게 규칙적으로 계속되었습니다. 그러니까 제일 밑의 남동생과 저는 부모자식처럼 나이 차이가 있었습니다.

당시 아버지는 일정한 직업이 없이 농가의 일을 거들어주는 그런 일을 하고 계셨습니다. 때로는 그 집에서 머물며 일을 할 때도 있고 제가 태어났을 때도 집을 비우셨습니다. 당시의 조선 사람들 모두가 그랬던 것처럼 아버지도 문맹에 가까웠고 쓰기는 물론 읽기도 거의 못했습니다. 그런 만큼 제가 정신차리고 열심히 공부해서 한 집의 기둥이 되지 않으면 안 된다고 생각했습니다. 게다가 제가 동생들의 제일 위였기 때문에 지휘권을 가져야만 한다고 스스로 깨우쳤습니다. 어머니는 여자는 배우지 않는 편이 좋다는 당시의 조선 사람들의 사고방식대로 학교에 가지 못했지만 스스로 공부해서 카타까나5) 히라가나를 다소라도 읽고 쓸 수 있게 되었습니다.

---

5) 1. 외래어의 표기나 전보문 따위에 쓰임.
   2. 일본의 음절 문자.

요시노 아노우의 마을

　저의 집은 작은 산꼭대기쯤에 있어서 가까이에는 10채 정도의 농가가 띄엄띄엄 있었습니다. 그 주위를 크고 작은 그리고 높고 낮은 많은 산에 둘러싸여 있고 그 산들은 밀감 복숭아 감등의 과수원이었습니다. 과수원 사이에는 좁은 길이 나 있고, 그 길은 산골까지 계속되어 있어 그 산을 넘으면 시야가 넓어지면서 또 과수원 있는 그런 산골이었습니다. 과수원 한 가운데에 작은 오두막이 있고 거기가 우리집이었습니다. 그래서 사계절에 따라 풍경이 변해가는 것을 볼 수 있었습니다. 봄에는 벚꽃이 온 산에 가득 피고 겨울에는 눈이 쌓였습니다. 어려서부터 사계절의 변화를 실컷 즐겼습니다. 파란 보리이삭이 10센티 정도 자랐을 때의 경관은 나도 모르게

"야! 멋있다."

하는 환성이 나왔으며 감, 밀감, 복숭아 등 새싹을 볼 때는

"정말로 행복해."

상쾌하고 좋은 기분이 들게 하는 녹색이었습니다. 지금도 사계절의 변화는 그림 같은 자연의 아름다움을 선명하게 기억하고 있습니다. 과수원을 누비는 것처럼 나 있는 좁은 길은 지금은 차가 다닐 정도로 넓은 도로로 변했고 제가 살았던 집은 없어지고 과수원이 되어있습니다.

아노우 마을은 매화와 감의 특산지입니다. 옛날 배, 귤, 복숭아 등이 특산이었지만, 최근에는 감과 매화로 바뀌었습니다. 아노우 마을에는 니부강이 흐르고 있습니다. 언제였던가 그 니부강이 범람해서 산사태가 났습니다. 니부강변의 감 과수원이 피해를 입고 농가도 2채 쯤 파묻히고 말았습니다. 피해가 컸던 지역의 일부는 지금은 노인들이 스포츠를 하는 장소가 되었습니다.

설날이나 추석 또는 피안(彼岸)의 중간날 등에는 신사나 절에서 떡을 자주 뿌렸습니다. 또 집을 새로 지으면 지붕에서 떡을 뿌렸습니다. 그런 떡을 주우러 가는 것이 마을 아이들의 즐거움이었지만, 매일 배고픔을 느끼고 있었던 저는 식량부족에 보태려고 필사적으로 주웠습니다. 봄과 가을에는 축제가 많아서 신사나 절 주변에는 노점이 들어서고 흥청거렸습니다. 저도 어른들 속에 섞여 축제 분위기

를 즐겼습니다. 진언종(眞言宗)의 절도 있었습니다. 그 절은 유서 깊은 절로 유명합니다. 게다가 「케로오인 축제」라는 키타바타케 찌카후사(比?親房)를 제사 지내는 축제도 성대하게 거행되었습니다 .이런 유서 깊은 신사 佛閣은 소풍 코스였습니다. 산꼭대기의 신사나 절에 가면

"이곳은 역사가 깊은 명소이니까…"

설명해 주었습니다.

음력 7월 15일 밤에 남녀가 모여서 춤을 출 때는 「담력시험」이라고 해서 마을 어린이들이 모두 모여 묘지 속을 통과하는 행사가 있었습니다. 저는 선두에 서서 묘지 속으로 지나갔습니다. 저와 함께 있으면 무섭지 않다고 해서 나보다 나이가 위인 애들도 모두 저의 뒤를 따라와서 모두 20명 정도 될 때도 있었습니다. 묘지 속은 캄캄해서 아무 것도 보이지 않았습니다. 저는 도중에서

"모두 와봐. 저기 불덩어리. 자 봐봐."

말하면

"으악"

하고 울며 불며 거리를 달려 지나갔습니다.

그런 것이 재미있어서 일부러 모두를 놀리곤 했습니다. 사실은 저 자신도 무섭다고는 생각이 있었지만

'나는 무섭지 않아. 나는 강하니까'

몇 번이나 되풀이하면 이상하게도 무섭지 않게 되는 것

이었습니다. 자신의 강함을 모두에게 보이고 싶다는 마음에서 사실은 상당히 무리를 해서 자신의 기분을 북돋았는지도 모르겠습니다.

지금 거의 눈이 내리지 않지만 어렸을 때 눈이 잘 내렸습니다. 학교 오가는 길에는 그 눈 위를 짚신을 신고 걸으면 동중에서 물을 빨아들여 짚신이 무거워져 걷기가 힘들게 되고 그렇게 되면 벗어 던지고 맨발로 걸어다니기도 하고 뛰어다니기도 하는 것이 보통이었습니다. 그 덕분에 다리가 상당히 단련하게 됐다고 생각합니다. 아노우 마을에는 우리들 가족 외에 조선 사람은 아무도 없었습니다. 마을 사람들은 순박하고 정직한 사람들 뿐이었습니다. 태어났을 때부터 유교의 가르침이 몸에 배어 있는 부모님도 정직한 사람이기 때문에

"리씨, 리씨"

하며 마을 사람들이 좋아하였습니다.

'조선인은…' 하는 식으로 차별 받은 기억은 없었지만 그래도 역시

"너는 조선 사람인데 조선으로 돌아가지 않고 왜 여기 있어."

하며 혐오감을 노골적으로 표현하는 아이도 있었습니다. 그 아이의 부모가 왠지 언제나 조선 사람을 경멸하는 듯한 느낌이었기 때문에 그 부모의 영향을 받았는지도 모르겠습

니다. 그 일로 소학교 2·3학년 때 울컥한 저는 그 사내아
이와 맞붙어 싸우게 되었습니다. 그 때까지 저는 자신을
조선 사람이라고 의식한 적이 없었기 때문에 집에 돌아가
　"이런 말을 들었어."
　어머니에게 얘기를 하니까 어머니는 야무진 얼굴로
　"여기서는 가난하게 살지는 몰라도 아버지의 집안이나
어머니의 집안 모두 훌륭하다. 본국에 가면 이런 곳의 사
람들을 상대하는 그런 집안과는 틀려. 당당하게 가슴 펴고
정신 바짝 차려."
　하고 말씀하셨습니다. 어머니의 말씀은 요컨대 아버지의
李가는 李王朝의 후손으로, 어머니의 羅氏도 양반 출신으
로 옛날부터 정치가나 교육자, 의사 같은 사람을 배출한
유서 깊은 집안이다라는 것이었습니다. 어머니에게서 그런
말을 들으면
　"그런가. 나는 한국 사람인가. 내가 맏이니까 잘하지 않
으면 안 되겠구나."
　라는 생각이 들었지만, 그래도 자신이 한국인이라는 의
식은 희박했습니다. 마을 아이들과 똑같이 일본인의 한 사
람으로서 살고 있다고 생각하는 쪽이 더 자연스러웠습니
다. 저의 이름은 이하나코인데 마을 사람들은 모두 "리씨,
리씨"하며 귀여워해 주었습니다. 李花子를 한국식으로 부
르자면 "이화자"라고 하지만 일본식으로 "리 하나코"라고

불리웠습니다. 창씨개명 때문이었는지 도중에서 「마쯔모토」(松本)라는 이름을 말하도록 주의받은 적이 있던 것 같지만 마을 사람들에게는 "리씨"로 통하고 있었습니다.

李라고 하는 것은 조선 사람의 성이지만 지금은 일본 사람이다.

라고 알고 있는지 없는지 장황하게 설명하시는 선생님이 한 분 계셨습니다. 그럴 때마다 저는

"그래서 나는 조선 사람이구나…"

라고 자각했지만 3학년이 되자 우리 담임이 여자 선생님이 되면서 저는 부급장이 되었습니다.

"한자나 그 외 많은 것들이 조선에서 일본으로 건너왔습니다."

조선의 이야기를 해주시고 왠지 저를 평등하게 귀여워해 주시는 것 같았습니다. 그 때는 선생님 말씀의 뜻을 잘 몰랐지만 제가 조선 사람이니까 그런 말씀을 해주셨는지도 모르겠습니다. 그리고

"너는 조선 사람이기는 해도 여기서 열심히 하는 거야."

하고 격려해 주었습니다. 그 선생님의 친절함이 큰 힘이 되어 저는 공부도 열심히 했습니다. 선생님은 어딘가 먼 곳에서 오신 분으로 아직 젊은 독신이었습니다. 1년 만에 다른 곳으로 전근을 가시고 말았습니다. 4, 5, 6학년은 남자선생님이었습니다. 학교 오가는 길에 딴 것을 하는 것은

즐거운 나날이었습니다. 산을 오르락 내리락하는 한 시간 정도의 코스였기 때문에 여러가지 장난을 할 수 있었습니다. 메뚜기 잡기나 나무에 올라가 열매따기 같은 것도 잘 했고 대나무 타기도 곧잘 했습니다. 메뚜기 20마리쯤 잡고 집에 돌아와 프라이팬에 살짝 기름에 튀기면 고소하게 맛있는 간식이 되어 친구들이나 동생들에게 나누어주었습니다. 소학교 밑으로는 니부강이 흐르고 있었기 때문에 그 강에서 가재, 송사리를 잡기도 하고 또는 돌던지기를 하는 것도 재미있었습니다. 겨울이 되면 눈싸움을 했습니다. 게다가 썰매타기도 했습니다. 우리 집 옆에 꽤 가파른 언덕으로 썰매타기에 적당한 장소가 있었습니다. 썰매는 대나무로 자기가 만든 것이었습니다. 제가 개구리를 잡으면 여자아이들은 꽥꽥거리며 도망가고 사내아이들도 징그러워하며 도망가버렸습니다.

미운 아이들에게는 개구리를 던지기도 했기 때문에 보통 개구리를 5·6마리씩 봉지에 넣어 가지고 다녔습니다. 어떤 때는 집에 가지고 들어가 4개의 다리를 바늘로 고정시키고 배를 갈라서 해부도 해봤습니다.

"개구리는 사람하고 내장이 비슷하단다."

라고 이과 선생님이 말씀하셨기 때문에

'이제부터 개구리 연구를 해보자.'

라는 기분으로 개구리 해부에 열중했던 적도 있었습니다.

그도 그럴 것이 마을에는 의사가 없어서 어머니나 여동생들이 병이 나면 곤란에 빠지곤 하였습니다. 그래서 저는

'반드시 의사가 되어 이 마을에서 개업을 해야지'

어린 마음에 생각하고 있었습니다. 그래서 개구리나 올챙이들의 배를 해부하고 바늘로 속을 벌려서 색연필로 색깔을 구분해 그것들의 해부도를 그렸습니다. 그 때문에 어머니에게 졸라서 비싼 색연필을 사달라고 하면 어머니는

"희한한 아이다. 그렇지만 의사만은 절대로 되지 마라."

"왜?"

"너의 할아버지가 의사여서 가족이 모두 고생을 많이 했단다. 밤중에 불려 나갈 때도 있고 그렇게 고생되는 일은 없어. 가족들한테도 너무 힘든 일이란다. 하물며 여자가 할 일은 못돼. 의사만은 절대로 되지 마라."

라고 말씀하셨습니다. 그런 말을 들으면 더 의사가 되고 싶은 마음이 생겼습니다. 그 때의 저는 반항기였을까요? 색깔별로 그림을 그린 개구리 해부도를 이과 선생님에게 보이자

"음 잘했다. 장래 외과 의사가 되겠는걸."

하며 감탄한 듯 말씀해 주셨습니다. 그 탓인지 이과 성적도 좋고 저도 그런 기분이 되어

'크면 의사 선생님이 되어야지'

하고 마음먹었습니다. 그렇지만

"선생님 이게 위고, 이게 장이고, 이목 멍 부근에서 개굴 개굴하고 우는 겁니까?"

하고 물으면 마지막에는

"하나코 그런 것은 아무래도 좋아. 필요 없어. 필요 없어."

귀찮은 듯이 상대해 주지 않고 제대로 가르쳐 주지 않으셨습니다. 3학년 때의 여자선생님은 상냥하신 분으로

'나는 역시 선생님이 될 테야. 이런 선생님이 되자'

하고 생각할 정도로 선생님을 동경했습니다. 그다지 공부는 하지 않았지만 성적은 언제나 좋았던 그런 나를 집주인네는 늘 분해하였습니다. 집주인은 공무원이고, 촌장도 역임한 적이 있을 정도로 유력자이고 그 집 부인도 유명한 여학교 출신이었습니다.

"옆 집 하나코의 어머니는 학교도 나오지 못해서 아버지도 일개 농사꾼인데 어째서 하나코의 머리는 저렇게 좋은 걸까. 성적도 좋아 100점을 맞고 왔는데 너는 이게 뭐니? 20점, 30점이라니. 열심히 해라."

하며 야단치는 소리가 들리기도 했습니다. 2학년이 됐을 때부터 집주인은 저를 눈에든 가시처럼 대했습니다. 집주인 딸에게 같이 놀자고 하면

"너는 공부하지 않으면 안돼. 하나코 따위와 상대하지 마."

하며 노골적으로 심술을 부렸습니다. 그 동급생의 아이도 저에게 라이벌 의식을 드러내기 시작했지만 언제나 제가 이겼습니다. 그러면 그 아이의 어머니는 저의 어머니에게

"당신 말이야. 하나코에게 집안일을 시키지 않고 공부만 시키지? 우리 집 애는 돌아오면 밭일을 돕기 때문에 공부할 시간이 없어. 당신네 하나코에게도 일 좀 시켜야 돼. 왜 공부만 시키고 있어."

하며 흥분된 목소리로 저의 집에 뛰어들었습니다. 어머니는

"안 그래, 우리 하나코는 공부 같은 것 하고 있지 않아. 언제나 집안일을 잘 돕고 있어. 물을 길어 오거나 섶나무를 베어오고 있어. 공부 같은 것 할 틈도 없어."

조용한 목소리로 말했습니다.

집주인 애들 중에는 저와 동급생인 여자아이와 그 밑에 남동생과 같은 사내아이도 있었습니다. 남동생은 마음이 야해서 싸움은 잘 못했기 때문에 ㄱ 사내아이에게 자주 시달렸습니다. 그럴 때는

"너 또 그 애한테 당했구나 좋아."

제가 대신 집주인 집까지 가서 그 아이를 혼내주곤 했습니다. 그런 일이 자주 벌어졌기 때문에 집주인네는 저에 대한 심술이 더욱 심해졌습니다. 어느 날 그 사내아이가 뭔가 하고 있을 때

“우리 집에서 나가라.”

하며 경멸하는 듯이 아래 눈까풀을 뒤집어 보이듯 쳐다
봤기 때문에 저는 갑자기 거기 있던 돌멩이를 던져버리고
말았습니다. 그 돌멩이가 그 애의 이마에 맞아서 피가 흘
러 일주일 정도의 갈 상처를 입고 말았습니다. 집주인네
부인은 얼굴빛이 변하고

“당신네 딸 말이야. 여자인 주제에 우리 집 아들 이마에
상처를 입혔어. 경찰에 고소할거야.”

하면서 서슬이 퍼래서 소리 지르며 들어왔습니다. 그러
나 어머니는 침착한 태도로 받아넘기고

“당신네 아이가 나빠.”

하며 저에게서 들은 것을 잘 설명했습니다.

그러자 집주인네 부인은

“그렇다면 뭐라고 할 수 없군.”

하며 마지못해 돌아갔습니다. 그 집의 오두막집을 빌리
고 있었으니까 다른 사람 같으면 머리를 들 수 없는 입장
이었지만 어머니는 겁내지도 않고 그 아이의 잘못을 깨우
쳤던 것입니다. 저는 어린 마음에

“역시 우리 어머니야. 대단해.”

하고 감동하지 않을 수 없었습니다. 뭔가 일이 생기면
어머니는 언제나

“너는 무슨 말을 들어도 당당하기만 하면 돼. 자기 자신

만 정신 차리고 노력하면 되는 거야.”

하고 격려해 주셨습니다. 그리고 나중에는 반드시

“네가 정신 바짝 차리지 않으면 밑의 동생들이 다 잘못 되는 거야.”

하는 자극을 주어 활기를 불어 넣어주셨습니다. 세월이 흐른 뒤 제가 초로를 맞이했을 때쯤에 그 사내아이와 우연히 만난 적이 있었습니다.

“이제는 나에게 나쁜 짓 할 수 없겠지. 정말로 괜찮겠지 나를 치지 않겠지.”

농담을 하면서 웃었던 기억이 납니다.

어머니의 탄식

　3학년이 되자 여자선생님이 귀여워해 주시고 소중하게 대해 주셨기 때문에

"선생님을 위해서 열심히 하자."

라는 결심을 하자 저의 성적은 더욱 올라갔습니다. 가장 자신이 있는 과목은 국어로 큰 목소리로 힘 있게 시원시원하게 읽으면 자주 칭찬을 해 주셨습니다. 산수도 잘했습니다. 그 해 만큼은 개근상을 받았습니다. 그렇게 되자

"역시 리 하나코야."

라고 학교에서 경의를 받게 되었습니다. 키가 작고 성격이 나쁘다는 등의 이유로

"바보 멍청이."

라고 몹시 욕먹고 때로는 얻어맞고 곧잘 괴롭힘을 당하

는 아이가 있었습니다. 저는 그런 것을 보면 보고도 못본 체 할 수 없는 성격인지라

"그런 짓을 하면 안돼."

반드시 도와주러 가서 괴롭히고 있는 아이를 제지했습니다. 그래도 그만 두지 않을 때는

"그만 둬."

그 아이가 사내아이든 아니든 가리지 않고 그 아이의 머리를 때리거나 힘으로 말렸습니다.

"때리면 안 돼."

제지했던 제가 그 아이를 때려서 그만두게 한 것은 나중에 생각해보니 조리에 맞지 않았지만 그 때는

"힘 없는 아이를 도운 너는 훌륭해. 정의의 편이야."

하고 선생님에게 칭찬 받았습니다.

남동생이 소학교에 입학했을 때부터 저는 마을 아이들을 모아서 학교 놀이하며 놀게 되었습니다. 길모퉁이의 집앞의 넓은 공터에서 거적을 6장 정도 깔아 교실로 삼았습니다. 거적 교실에 동생을 돌봐야 하는 아이는 동생도 데리고 왔습니다. 학교 놀이를 하게 되면서부터 여자아이들과도 놀게 되었고 공부를 잘 하는 저는 언제나 선생님 역할을 하고 모두에게 글을 가르쳐 주었습니다. 아이들에게 글씨를 가르치고

"제일 잘 쓴 사람에게는 상을 줄 거야."

하며 경쟁을 시켰습니다. 저는 왠지 그런 일이 재미있어서 자주 아이들을 모아 놀곤 했습니다. 그렇게 되자 마을의 어른들도 굉장히 기뻐하시고 또 그것을 본 어머니는

"이 애는 역시 점쟁이가 말했던 것처럼 남자였더라면 좋았을 걸. 여자는 시집 가버리면 끝인데…"

하며 옆에 계시는 아버지하고 말씀을 하시던 기억이 납니다. 아버지는 가끔 기분이 좋을 때는

"밥 먹었니?"

하며 말을 걸어 주시는 정도로

"공부해라."

라는 말씀을 한 번도 하신 적이 없었습니다. 그런 아버지는 언제나, 아침에는 아침해를 저녁에는 저녁 해를 바라보며 합장을 하시곤 했습니다.

"왜 그렇게 하세요?"

하고 한 번 물었을 때.

"이 쪽이 조선이 있는 곳이야."

하고 말하며 손을 모아 절을 하셨습니다. 유교의 가르침에 따랐던 것인지 그 절은 돌아가실 때까지 계속 하셨습니다.

어머니는 저녁 식사가 끝나자 한 숨을 돌리셨던 것일까 밖으로 나가 한국 쪽으로 향해 달님을 보고는 자주 우셨습니다. 저는 어린 마음에

'달님을 보고 왜 우시는 것일까'

하며 이상하게 여겼지만 어머니는

"어머니 저를 데리고 가 주세요. 빨리 좀 데려가 주세요…"

눈물을 흘리시면서 중얼중얼 거리셨습니다. 저는 그런 어머니의 모습을 자주 보았습니다. 제가 소학교 2, 3학년 때쯤 「카구야 히메」라는 동화를 읽었습니다. 저는 순간 어머니를 「카구야 히메」[1]일지도 모른다는 생각에

'달님이 어머니를 데리고 가는 것은 아닐까?'

어머니가 갑자기 없어질 것 같고 무서움에 뭐라고 말할 수 없는 외롭고 무서운 기분에 사로 잡혔습니다. 지금도 「카구야 히메」라는 책을 보면 언제나 그 때의 어머니를 생각하지만 어머니는 힘든 생활을 견딜 수 없어서 죽고 싶은 마음이 되어 돌아가신 친정 어머니에게 도움을 청하고 있었을까요? 아이들을 돌보지 않으면 안 되고 일도 해야되고 매일 생활을 뼈빠지게 해 가면서 빈곤에 신음하고 있었던 것은 아니었나 생각됩니다. 게다가 조선인 때문에 마을 사람들의 차별 대우도 있었을까요? 그런 모든 것이 참아 낼 수 없어서 빨리 조국에 돌아가거나 아니면 다른 세계에 가고 싶다고 빌었는지도 모르겠습니다.

그 당시는 도항 증명서가 없으면 조선에 돌아갈 수 없었

---

1) 일본 옛날이야기. 대나무에서 태어난 아이가 어른이 되면 달에서 데리러 오는 이야기.

습니다. 어느 날 어머니가 아직 애기였던 남동생을 업고 양손에 또 다른 남동생과 여동생을 데리고

"동사무소에 갔다올 테니까 집 잘 보고 있어라."

하는 말을 남기고 나가셨습니다. 도항 증면서를 받으려면 유시오의 산속에서 와다(和田)에 있는 동사무소까지 어린 아이들을 데리고 가면 네시간 정도 걸어서 가야했습니다. 버스는 다니고 있었지만 버스 탈 돈도 없었습니다. 그날 밤 해가 저물도록 기다려도 어머니는 돌아오지 않으셨습니다. 그 다음 날 어머니가 돌아와서 일의 자초지종을 들어보니 동사무소에서 무사히 도항 증명서를 받기는 했지만 돌아오는 길에 쓰러져 의식불명이 되어 그곳에서 자고 돌아오셨답니다. 그런 쇠약한 몸으로는 조선에 돌아갈 수 없어서 결국 모든 것이 헛수고가 되어버렸습니다.

학교에서 돌아오면 아직 걸음마를 하지 못하는 동생을 돌보면서 남동생과 여동생을 데리고 물을 긷고 물긷기가 끝나면 땔나무 줍는 것이 하루의 일과였습니다. 부모님은 아침 일찍 집을 나가서 밤늦게 왔습니다. 그래서 저는 장녀로서 부모님이 안 계신 사이 어머니의 대역을 맡아야 하는 기분이었습니다. 저는 나무에 올라가서 책을 읽으며 남동생과 여동생을 부려 땔나무를 줍게 했습니다.

"가장 빨리 다발을 만드는 사람에게 사탕을 줄게."

그 사탕을 미끼로 동생들에게 일을 시켰습니다. 그래서

일전짜리 알사탕을 준비해 두었습니다. 동생들은 열심히 땔나무를 모았습니다. 용돈 따위 받은 적이 없었지만 때때로는 아는 사람들이 놀러 왔다가 용돈을 주었습니다. 어느 날 친척 아저씨가 고오베(神戶)에서 일부러 유시오 산골 마을까지 찾아와 주셨습니다. 배 선원이었기 때문에 일본에 자주 왕래할 수 있어서 그때마다 여러 가지 선물을 많이 받았고 게다가 용돈까지 받았습니다. 그런 친척 아저씨가 4, 5명 정도 더 있다면 좋겠다고 생각할 정도였습니다. 그런 용돈을 소중하게 모아두었다가 동생들을 부려먹기 위해서 사탕을 샀던 것입니다.

"좋아. 일을 잘 했으니까 포상을 줄게." 알사탕을 주면 받지 못하는 동생들이 울기 시작했습니다. 그래서,

"알사탕이 작아지면 동생들에게 주어라."

달래는 것도 힘든 일이었습니다. 그 당시는 단 과자는 귀중품인데 부잣집 농가에서는 흑설탕을 모아놓고 있었습니다. 그런 집의 아이들에게

"찬장에서 흑설탕을 좀 가져와. 그러면 모르는데 가르쳐 줄 테니까."

그러면 부모님의 허락을 받고 가지고 오는 것인지 아닌지는 모르겠지만 다소 흑설탕을 가져왔습니다. 그것을 받아 동생들에게

"물을 정확하게 여섯 번 긷는다면 이 흑설탕을 줄게."

일을 시키고 흑설탕을 나누어주었습니다. 동생들은 그 흑설탕을 받으려고 열심히 했습니다. 그렇게 함으로써 공부할 시간을 조금이라도 만들 수 있었습니다. 일 나가신 부모님이 돌아오실 때까지 물긷기를 끝내고 땔감도 준비를 해 두어야 했습니다. 우물은 언덕 아래쪽에 있어서 걸어서 십오분 정도의 거리였습니다. 그렇게 먼 데에 있는 우물에 가서 물통에 물을 가득 담아 와야 하는데 물독에 가득 채우려면 여섯, 일곱 번 정도 왕복해야 합니다. 남동생을 야단쳐서 물을 길러 오게 하는 것도 저의 몫이었습니다. 남동생은 물긷기나 땔나무를 줍는 것을 싫어해서 언제나 도망가려고만 했습니다. 그래서 남동생을 붙잡아서 그의 허리를 밧줄로 묶어 우물이 있는 데까지 데리고 가서 물긷기나 땔나무 줍는 것을 시켰습니다. 저녁 식사 준비는 어머니가 돌아오셔서 하셨습니다. 그럴 때 가득 채워진 물독이랑 쌓인 땔감을 보시면

"오늘 열심히 했구나."

하고 칭찬해 주기도 하셨습니다. 물독에 물을 가득히 채우면 이틀 정도는 충분히 쓸 수 있었습니다. 그 물로 밥을 짓고 빨래도 했습니다. 어느 때는 부모님께 혼난 적도 있었습니다. 그것은 동생들이 제가 시키는 대로 하지 않고 말을 안 들으면 머리를 때려서 울렸을 때였습니다. 길이 얼어붙고 미끄러운 겨울의 물긷기는 굉장히 힘들었습니다.

물통에 물을 담아올 때 얼음길에 미끄러져 물통이 뒤집혀지면 다시 물긷기를 해야 했습니다. 몸이 힘들고 어깨가 아플 때는 정말로 힘든 작업이었습니다.

이런 시골에서 언제까지 이런 일을 하지 않으면 안 되는 것일까."

하며 울었을 때도 있었습니다. 일을 마치고 돌아오신 어머니가 반 정도 밖에 채워지지 않으면 물독을 보고 뭐라고 하시기도 하지만

"미끄러지면서도 열심히 했는데 이정도 밖에 안 됐어."

"할 수 없지 뭐."

어머니도 힘든 물긷기를 이해해 주시는 것 같았습니다.

남동생들이 커서 개구쟁이가 되어 학교에서 돌아오자마자 아무데나 가방을 던져버리고 없어져 버리곤 했습니다. 그래서 동생들을 못 나가게 하려면 제가 한 발이라도 먼저 돌아와서 밧줄을 준비해서 기다리고 있다가

"누나 말을 안 듣기만 해봐라."

소리를 지르며 밧줄을 허리에 묶어 도망가지 못하도록 했습니다. 이렇게 해서 동생 두 명을 혹사시켰습니다. 그러나 그러는 새에 어느덧 동생들의 힘이 더 세져버려

"그런 것 별것 아니야."

하는 식으로 밧줄의 효과가 없게 되어버렸습니다.

우물물은 샘솟는 물로 달고 맛있었습니다. 일년에 한 번씩

"우물물 퍼내는 작업이야 모두 모여."

십채정도의 집집마다 알려 우물의 청소하는 일이 있어 마을 사람이 전부 모였습니다. 우물 바닥은 질척질척한 상태여서 그 질척하게 굳어진 걸 긁어내는 작업이었습니다. 그런 퍼내는 작업을 가까운 강가에 앉아 한참 보고 있는 것이 재미있었고 여러 가지 이상한 것들도 나왔습니다.

소학교 5, 6학년 때라고 생각하지만 그날도 다른 날과 마찬가지로 남동생과 여동생을 데리고 산에 가 땔나무를 끝냈습니다.

"땔감 가지고 빨리 돌아가야 해."

먼저 보내고 저는 커다란 삼목나무의 제일 높은 곳까지 올라갔습니다. 큰 나무였기 때문에 오를 때는 밧줄을 걸고 올라가 아래를 보면 모든 것들이 굉장히 작게 보였습니다. 위로는 하늘이 넓게 펼쳐져 잇고 아래보다도 더 밝은 곳이었습니다. 저는 크게 심호흡을 하고 책을 펼쳤습니다. 집에서는 공부할 시간이 없는 저는 이런 시간을 애써서 만들어 공부를 했습니다. 기분 좋게 책을 읽다보니 저녁해도 저물고 위쪽은 아직 밝았지만 아래를 보면 벌써 깜깜해져 있었습니다. 잘 보니 멧돼지가 새끼를 데리고 걸어가고 있었습니다.

'이것 큰일났네.'

정말 무서워졌습니다 .다리가 후들후들 떨리고 내려가고

싶어도 내려갈 수 없게 되었습니다. 그리고 점점 추워지기 시작한 때였습니다.

"하나코, 하나코,"

어머니의 목소리가 들리며 회중전등 빛이 어두운 곳을 왔다갔다 하고 있었습니다. 저는 「매화나뭇가지」로 얻어맞는 것이 머리를 스치며 꾸중듣는 것이 더 무섭게 생각돼 대답을 하지 않고 있었습니다. 그러자 어머니의 목소리도 들리지 않게 되고 주위는 쥐 죽은 듯이 다시 조용해졌습니다. 그때처럼 무섭다고 생각한 적은 없었습니다. 정말로 세상의 마지막이라고 생각했습니다. 한참 있다가 어머니가 저를 부르는 소리가 들렸습니다. 이번에는 아버지가 부르는 소리도 들렸습니다. 저는

"여기"

외쳤습니다.

"화내지 않을 테니까 내려와."

하는 소리에 간신히 내려왔습니다. 그동안 삼십분 정도였을까요. 저에게는 길고 긴 시간이었습니다. 집으로 돌아오자 "이렇게 바쁜데 놀라게 해. 모두들 밥도 먹을 수 없었잖아."

화를 내지 않겠다고 하더니 화를 내며 귀에 못이 박힐 정도였습니다.

「매화나뭇가지」로 얻어맞는 일은 없었습니다. 어머니는

동생들에게서

"나무 위에 올라가 있어."

하는 말을 듣고 대충 짐작이 가고 있는 것 같았지만 제가 대답을 하지 않았기 때문에 상당히 걱정을 하신 것 같았습니다. 그것은 아버지를 모시고 찾아온 걸 보니 알 수 있었습니다.

여름 방학이 되면 동생을 데리고 니부강에 수영하러 갔습니다. 니부강은 학교 근처의 강변에서 걸어서 한 시간정도 걸리는 곳인데 익숙해지자 지름길로 가서 삼십 분 정도로 갈 수 있게 되었습니다. 수영을 하러 가기 위해서는 땔나무 줍기나 물기르기를 빨리 끝내지 않으면 안 되었습니다. 그리고 니부강에서 땀을 흘리며 가재를 잡기도 하고 물고기를 잡기도 하며 뛰어 놀았습니다. 저의 집은 과수원을 가지고 있지는 않았지만 감이나 밀감. 복숭아 등을 수확한 후에는 제 각각 「남아 있는 과일 따기」라는 것이 있어서 그 「남아 있는 과일 따기」를 하기 위해서 바구니를 들고 따러 가는 것은 덩실거릴 정도의 흥겨운 일이었습니다. 가기 싫어하는 동생을 끌고 가서 바구니를 들게 하고 저는 나무더기를 잘 하니까 나무에 올라가 거두어들이지 않는 과일을 잡아떼어 동생이 들고 있는 바구니에 재빨리 던져 넣었습니다. 그러자 금방 바구니에 가득 차 싱싱한 과일을 싫을 정도로 맛볼 수가 있었습니다. 그런데 어머니

께서는

"어느 밭에서 딴 거야?"

"거두어들인 뒤의 나머지 따기니까 모두를 괜찮다고 따고 있어."

"그건 안 돼. 아무 말도 안 하고 따면 도둑질을 하는 거야."

하며 엄하게 추궁을 했습니다. 그런 점에서는 바보란 말이 붙을 정도로 정직한 사람이었습니다. 어머니는 82살의 생애를 마칠 때까지 자기를 희생해 아이와 가정을 정성껏 잘 보살펴 꾸려나가 그런 것을 기쁨으로서 살아온 여성이었습니다. 참으로 가난한 살림 그대로 살아가셨다고 해도 과언이 아닙니다. 그 어머니의 추억으로서 지금까지 인상 깊게 남아있는 광경은 소학교 때 액막이를 해 주셨던 일입니다. 보통 때와 마찬가지로 친한 친구 5, 6명과 저녁 늦게까지 돌아다니며 놀았던 날의 일이었습니다. 놀기에 지쳤던 것이었을까 두통이 나고 열병에 걸린 듯한 상태가 되었습니다. 때때로 그런 일이 있어서 그런 때는 어머니는 으레 하나의 의식을 행하셨습니다.

"또 여우나 너구리에 홀린 것이야. 그렇지 않으면 약령을 데리고 온 것이야."

라며 중얼중얼 말하면서 파릇파릇한 삼나무 가지와 잎을 꺾어 갖고 와서 쌓아올려 놓고 불을 붙였습니다. 생나무였기 때문에 타오르지 않고 하얀 연기가 뭉게뭉게 났습니다.
그리고 저에게 그 하얀 연기 속으로 넘어서 왔다갔다하라
고 시켰습니다. 저는 시키는 대로 하얀 연기 속을 빠져나
가곤 했지만 그 연기가 매워 숨이 막힐 정도였고, 눈물까
지 흘렀습니다. 그러는 동안 어머니는 일심불안으로 무언
가를 중얼중얼 하며 빌고 계셨습니다 .그런 상태로 5분정
도 왔다갔다 하면 이상하게도 열이 내리고 상쾌한 기분이
되고 좋아졌습니다. 지금도 믿을 수 없는 일로서 선명하게
남아있습니다.

귤상자 책상

　저의 집에서도 닭은 25, 6마리 정도 키우고 있었습니다. 새벽을 알리는 닭의 청명한 꼬끼오~ 소리는

　"아, 날이 새었다. 오늘 하루가 또 시작하는구나."

　하는 느낌으로 주위의 산에 메아리 치는 것 같습니다. 아침 식사에는 때때로 계란이 식탁에 올랐지만 닭을 돌보는 일은 언제나 어머니가 하시고 저도 때때로 도왔습니다. 토끼도 5, 6마리 키우고 있어서 학교에서 돌아오면 바로 밑의 동생을 데리고 토끼에게 줄 풀을 뜯거나 닭에게 쌀겨를 주거나 했습니다. 당시는 토끼 고기도 식용으로 사용하는 것 같았습니다. 부모님은

　"불쌍하구나."

　하고 크게 자라게 되면 남에게 팔았던 것 같습니다. 손

님이 오셨다거나 할 때는

"오늘은 할 수 없지."

하는 식이었으며 닭은 가엾게도 목을 비틀어잡아 요리를 하면 무엇보다 좋은 대접이 되었습니다.

아버지는 가정을 돌보고 아이들에게 애정을 보이는 기색 때 위는 조금도 느낄 수 없었고 일에서 돌아오시면 식사를 하시고는 금방 코를 곯고 자버렸습니다. 어머니는 바느질 일을 좋아해서 밤에는 자주 바느질을 하셨습니다. 제가 그 옆에 앉아 귤상자를 공부 책상으로 삼아 숙제 같은 것을 하고 있으면

"한국 집은 크고 멋있는 집이야. 할머니가 나를 아주 귀여워해 주셨단다. 예쁘다. 예쁘다고 하면서…"

바느질을 하면서 중얼중얼 혼잣말처럼 한국에서의 집의 상황이라든가 음식에 관한 것이라든가 아니면 여러 가지 추억들을 이야기 해 주셨습니다. 귤상자나 감상자 같은 과일 상자는 여러모로 용도가 있었습니다. 밖에서는 놀이 도구가 되고 집안에서는 공부 책상이 되었습니다. 게다가 정리 상자, 책장도 되었습니다. 쓰기에 편리하며 예쁜 종이를 바르면 훌륭한 가구로 변신했습니다. 다른 집 아이들은 모두 책상이 있었지만

"그런 책상보다 이 귤상자가 훨씬 사용하기 편해."

하고 친구들에게 자랑한 적도 있었습니다.

“공부는 하지마, 하지마.”

라는 것이 아버지의 입버릇으로

“전기 요금도 아까우니까 빨리 자거라. 계집애는 그렇게 공부하지 않아도 돼.”

하고 자주 혼이 났습니다. 전기 대신에 촛불을 밝혀서 공부하고 있다가 아버지에게 들켜

“그까짓… 빨리 자지 않으면 촛불 아깝다.”

라는 식으로 아버지의 기분을 상하게 했습니다. 그럴 때는 왠지 어머니도 아버지에게 맞장구쳐 같이 화내셨습니다.

그래서 학교에서 돌아오면 빨리 산에 가서 나무에 올라 나무 위에서 책을 읽는 것이 저에게 있어서 가장 좋은 공부시간이었습니다.

아버지의 할아버지에 해당하는 분이 일본 헌병에게 끌려가서 총살당하는 것을 본 아버지는 일제가 자신의 가정을 엉망으로 만들었다고 생각하고 있었습니다. 그래서 아버지는 돌아가실 때까지

“왜놈”이랑 “쪽발이”라고 하는 나쁜 말로 일본 사람을 부르며 화내고 계셨지만 그것은 집 안에 있을 뿐이고 밖에서는 많은 일본 사람들로부터 굉장히 존경을 받았습니다.

어머니는 뭐든지 잘 알고 계셔서 마을 사람들이 여러 가지를 물어 오면 언제나 친절하게 가르쳐 주었습니다. 손재주가 좋고 그 중에서도 재봉 일을 특히 잘 하셨습니다. 전

쟁 중에 학생들이 몸뻬1)를 입지 않으면 안 되었을 때 마을에서 맨 먼저 몸뻬를 만든 사람이 어머니였습니다. 밭일할 때 입는 기모노를 잘라서 몸뻬로 만들어 주셨습니다. 저는 그 몸뻬를 입고 의기양양하게 학교에 다녔습니다. 그러자 마을 사람들 모두가 깜짝 놀라며

"그 옷 만드는 방법 좀 가르쳐줘."

하며 어머니에게 몰려오고 학교 선생님까지도 배우러 올 정도로 소동이 일어났습니다. 빨래도 언제나 했다고 해도 좋을 정도로 했고 그 빨래에 풀을 빳빳하게 먹여 마을 사람이 깜짝 놀랄 만큼 깨끗하게 했기 때문에 덕분에 새 옷은 아니었어도 언제나 구김살 없는 깨끗한 옷을 입을 수 있었습니다. 마을 농가에는 부자뿐만 아니라 저의 집과 같이 가난한 집도 있어 그런 집 아이들은 보기만 해도 불쌍할 정도로 너덜너덜해진 더러운 옷을 입고 있었습니다. 저는 차마 볼 수 없어서

"그런 더러운 옷을 벗어. 이걸 줄 테니까."

저의 옷을 벗어 그 아이에게 준 적이 있었습니다. 속옷차림으로 돌아오자 어머니는

"옷 어떻게 된 거니?"

"응. 불쌍해서 벗어 줬어."

"뭐라고? 고생해서 만들어 주었는데 그런 짓을 했어? 이

---

1) (농촌. 산촌에서)밭일. 겨울 나들이에 옷 위에 입는 일종의 바지

제부터 그런 짓 하면 안 돼.”

그날은 그걸로 끝났습니다. 그런데 그런 일이 두 번, 세 번 계속되자 그대로는 끝나지 않았습니다.

“꼬 그런 짓하면 더 이상 만들어 주지 않을 거야. 내일부터는 알몸으로 학교에 가.”

“……”

“우리 집도 가난한데 준 옷을 되찾아 와.”

무섭고 사나운 얼굴로 화를 내셨습니다.

저는 거스를 수 없는 분위기를 느껴 산을 내려가

“역시 나 그 옷은 줄 수 없어. 되돌려 줄래?”

말하자 그 애의 어머니가 나와서

“미안해, 애야. 그래 그래.”

라며 선뜻 되돌려 주었습니다.

아버지도 어머니도 성실하게 일만 열심히 하셨다는 기억이 있습니다. 그 때문에

“참 훌륭한 사람이야”

하는 식으로 마을 사람들에게 호감을 받았습니다. 아버지 혼자 벌어서는 살림살이가 어려웠던 탓인지 어머니는 낮에는 낮대로 밖에 나가서 남자들과 똑같은 일을 하면서 땀을 흘리고 밤에는 밤대로 바느질을 열심히 해서 얼마간의 돈을 벌었습니다. 마을 사람한테서 맡은 일을 하느라고 밤일도 종종 했습니다. 아버지는 돌아오시면 코를 골면서

주무시기만 했지만 어머니는 밤에도 자는 시간을 쪼개어 재봉 일을 하셨습니다. 날이 새기 전에 그 누구보다도 일찍 3시경부터 일어나셔서 아침 식사 준비를 하고 아버지의 도시락 준비를 하셨습니다. 그 뿐만 아니라 아버지의 신변의 일도 여러 가지로 신경을 쓰며 순종하셨습니다. 그래서 아버지의 두세배나 더 일을 하셨다고 해도 과언이 아닙니다. 아버지가 번 돈은 아버지가 관리하시고 어머니도 어머니대로 일한 몫은 당신 자신이 관리해 각자 나름대로 꾸려 나가고 있었다고 기억하고 있습니다. 학교 비용 같은 것을 아버지에게 달라고 하면

"없다."

한 마디로 거절당하는 것이 보통이었고 교육비 등은 전부 어머니가 벌은 몫으로 꾸려 나갔습니다. 어머니는 자기 생활이 어려워도 자기보다 더 어려운 사람이 있으면 그 사람이 일본 사람이어도 차별을 두지 않고 친절하게 해주셨습니다. 지금 와서 생각하면 그 마음은 유고 나라에서 자연스럽게 키워져 뿌리박힌 것이겠지요. 제사도 꼭 지냈습니다. 설날 추석 할아버지 할머니의 명일 등 제사에는 보통 때 입에 넣을 수 없는 음식이 전부 다 먹을 수 없을 만큼 많이 나왔으니 기쁜 날이었습니다. 제사 때 저의 할 일은 커다란 아궁이에 장작을 지피는 일이었고 어머니는 저희들이 잠든 후에도 밤늦게 까지 일을 하고 계셨습니다.

그래서 아침에 일어나면 제사 음식이 기다리고 있었습니다.

저는 도시락을 가지고 갈 형편이 못되어 종종 도시락 없이 다닐 때도 있었습니다. 대개 감자나 고구마가 도시락이고 볶은 콩만 가지고 갈 때도 있었습니다. 아노우 마을은 벼농사도 짓고 있었지만 과수원이 주로였고 우리 집 뜰에는 콩을 심고 있었습니다. 모두가 밤이 든 도시락을 먹고 있을 때는 저는 볶은 콩을 오드득 오드득 깨물고 있었지만 5·6학년이 되자 오드득 오드득 깨무는 소리가 챙피하게 느껴져서

"나 강가에서 도시락을 먹고 올게."

하자 모두들

"그런 곳에서 먹으면 안돼. 모두 함께 먹어야 돼."

"아니야, 강가에서 먹을래."

하며 친구들을 뿌리치고 니부강가로 나왔습니다. 그러자 담임 선생님이 반 아이들에게

"오늘도 도시락이 없는 가봐. 하나코를 불러 와라."

하시며 저를 일부러 불어들여 자신의 도시락을 나누어 주셨습니다. 그 선생님은 음악 선생님이고 그러부치라고 하는 곳에 사시며 피아노를 잘 쳐서 평판이 좋았습니다. 선생님의 도시락은 하얀 쌀밥이고 보리가 조금 들어있을 때도 있었지만 전쟁이 일어나서도 대개 하얀 쌀밥이었습니다. 거기에는 달걀 부침이랑 여러 가지 반찬이 들어 있고

금속제 도시락 뚜껑을 확 열어 그 뚜껑 속에 밥이랑 반찬을 반씩 담고

"먹어라."

하고 말해주셨습니다. 그 덕분에 저는 음악 공부도 열심히 했습니다. 그 음악 선생님의 노력이 있어서인지 산속의 소학교였지만 NHK의 합창 콩쿨에 나가게 되었습니다. 5학년 때의 일로 5월인가 6월이었다고 생각되는데 저를 포함해서 남녀 10명 정도가 고조역에서 기차를 탔습니다. 기차를 타는 것이 처음이어서 떠들어대면서 창문으로 얼굴을 내밀기도 했는데 석탄을 때는 증기 기관차였기 때문에 오사카 텐노지(天王寺)역에 도착했을 때는 얼굴 전체가 새까맣게 되어 모두 배꼽이 빠지게 웃었습니다. 그리고 선생님이 이끄는 대로 큰 건물인 NHK홀에 들어가 "스키를 타며"라는 「스키 노래」를 부르면서

'이것이 라디오에서 흘러 나가는 거구나.'

라고 생각하자 최고의 기분이 되어 왠지 자기 자신이 훌륭한 사람이 된 기분이었습니다.

수학 여행은 교또(京都)나 나라(奈良)로 갔지만 어머니께서

"수학 여행은 가지 말아라."

하셨습니다.

"돈이 없다."

라는 것은 역시 분했습니다. 그래서 일주일 전부터

"감기에 걸려 기침이 나. 그래서 갈 수가 없어."

아픈 체 해 수학 여행은 가지 않았습니다.

마을에는 아노우 소학교 고등과 라는 것이 있었는데 지금의 중학 1, 2학년 그리고 전문과인 중학 3학년 정도의 학생들이 배우는 곳으로 여학생이 5명 정도 있었지만 거의가 남학생이었습니다. 토요일 같은 때는 고등과 학생들과 함께 나란히 집에 돌아올 때가 있었습니다. 6학년 2학기 때였다고 생각하지만 산을 넘어 돌아오는 도중에 저보다 몸집이 큰 고등과 학생이 이것 저것 이야기 하다가 갑자기

"너 조선 사람이야."

"조선 사람이라는 건 알고 있어. 뭐라고 해."

"조선 사람인데 왜 조선에 돌아가지 않고 이런 곳에 있는 거야."

저를 괴롭히려고 했습니다. 저는

"뭐라고."

대들어 대나무 막대기를 찾아내 그 막대기로 그 큰 아이를 계속 때리고 잽싸게 달아나 집으로 돌아왔습니다. 밤이되자 그 아이의 부모가

"여자가 여자인 주제에 우리 집 아들을 때리고…"

하며 큰 소리 치며 쳐들어 왔습니다. 깜짝 놀란 어머니는

"왜 그랬어."

하며 저를 야단치셨지만

"조선으로 돌아가라고 말하니까 화가 나서 그랬어."

하고 그 때의 상황을 있는대로 설명했습니다.

그러자 어머니는

"그렇다면 당신네 아들이 잘 못했어. 화를 내야 할 쪽은 오히려 이쪽인데 화를 내러 오다니 이렇게 바보 취급하면 안 돼."

하고 조용한 어조로 간곡하게 타일렀습니다.

"그건 그렇네. 리씨 딸의 말이 맞아요. 너무 미안해요."

라고 돌아갔습니다. 그 부모가 돌아간 후에 어머니는

"나의 양부모는 모두 훌륭한 집안 출신이니까 언제나 말하는 대로 당당하게 가슴을 펴고 하고 싶은 대로 해…"

하고 말해 주셨습니다. 그런 말을 들으면 언제나

'훌륭한 집안이라면 훌륭하게 행동하지 않으면 안 되지. 역시 좀 더 열심히 하지 않으면 안 되겠어요.'

하고 결심을 새롭게 했습니다.

교죠(五條)고등여학교

"하나코야. 너는 어떻게 할거니. 성적은 고죠여학교에 합격할 수 있는데 어떻게 할거니."

하고 선생님이 물으셨습니다. 저는 여학교에 진학을 결정한 라이벌인 집주인 딸이 깔보는 눈빛으로 보는 것 같아서

"나도 갈 거야."

하고 대답해 버렸습니다. 그 애보다 제가 언제나 성적이 좋은 편인데 그 애가 가고 제가 안 가는 것은 이치에 맞지 않았습니다.

"그래 그럼 추천장 써둘게."

라는 이야기가 되었습니다. 그래서 여학교 입학 시험을 보기 위한 서류를 갖추어 주셨습니다. 봉투에 들어 있는 가정 조사서를 들여다보니 직업란에 「일용 노동자(日傭勞

動者)」라고 적혀 있었습니다.

'에~이런 식으로 쓰지 않아도 괜찮은데…'

라고 생각했습니다.

'아버지의 하시는 일은 「일용 노동자」에 해당되는 구나. 그렇다면 할 수 없지만 이런 식으로 쓰게 되면 안 돼. 붙을 리가 없어.'

하며 절망의 구렁 속에 빠지고 말았습니다. 아버지는 제가 여학교에 진학하는 것을 반대하셨습니다. 돈도 들고 고죠까지 걸어서 2시간 이상이나 걸리는 먼 곳이었기 때문에 부모로서는 떨어지는 것을 기대하고 있었습니다. 저는 그렇기 때문에 시험 공부도 하지 않고 운을 하늘에 맡겼습니다. 3월 시험 당일은 아침 4시에 일어나서 5시 30분에 집을 나섰습니다. 군데 군데 눈이 남아 있는 어두운 산길을 혼자 걷기를 2시간반 시험장인 고죠고등여학교에 도착했습니다. 라이벌인 집주인 애는 자전거로 왔습니다.

국어, 수학, 이과, 사회, 체육, 음악 등 전과목이 시험 과목이고 그다지 어렵게 느끼지 않았습니다. 합격하지 않는 편이 부모가 기뻐한다고 생각하니 오히려 편안한 마음으로 볼 수 있었습니다. 그게 다행이었는지도 모르겠습니다. 합격 통지를 받았지만 아버지는

"여러가지 집안 형편도 어렵고 동생들도 밑으로 많이 있고 애기도 있어서 애를 돌보지 않으면 안 돼. 학교는 가지

않아도 돼…"

하며 화를 내셨습니다. 어머니는 그런 아버지를 달래서

"어떻게 될지 모르겠지만 돈이 되는 날까지 가면 되잖아. 하루라도 이틀이라도 가면 좋아. 갈 수 있는 날만이라도 가면 되지. 어떤 학교인지 한 번 가봐."

라고 말해 주셔서 결국에는 아버지도 마지못해 납득하셨습니다.

저는 고죠고등여학교에 진학했습니다.

나라현에는 고등여학교가 세 곳 있는데「나라」「고죠」「우네비(畝傍)」순위였습니다. 그런 만큼 고죠고등여학교의 지명도는 높고 고죠는 물론이고 주변의 야마토타카다(大和高田)에서까지도 양자집 딸들이 모였고 모두들 똑똑하게 보였습니다. 어느 정도 여유 있는 가정이 아니면 여학교도 고등학교에도 갈 수 없었습니다. 저는 그 범주에 들지 않는 가난한 살림에다가 아노우의 산 속에서 사는 원숭이처럼 자라났기 때문에 같은 제복을 입어도 그녀들이 입는 제복은 어딘가 세련된 것처럼 보였습니다.

고죠는 다섯 개의 길, 즉 요시노로 가는 길 이세(伊勢)로 가는 길, 오사카로 가는 길. 와카야마(和歌山)로 가는 길, 교토로 가는 길이 합류되고 갈라지는 곳으로 큰 콘고산(金剛山)의 기슭에 위치하고 옛날에는 대관소도 있었습니다. 고죠는 그 지역의 중심지로서 교육의 발상지였습니다. 그 고죠에는 유시오에서 걸어서 2시간 반 정도 걸렸습니다. 다른 사람들은 버스나 자전거로 다녔지만, 저는 걸어서 다녔습니다.

자전거 살 돈도, 버스비 낼 돈도 없었습니다.

집에서 내리막길로 된 산길을 내려가고 어느 때는 지름길인 산짐승들이 다니는 길로 뛰어 내려가기도 했습니다. 도중에 너구리나 여우 멧돼지를 자주 만났습니다. 그 산길을 내려가면 요시노강과 키노강이 갈라져 있는 경계선 근처에 커다란 오오카와(大川)다리가 걸려 있고 그 오오카와 다리를 건너면 시야가 넓게 펼쳐지며 고죠의 거리가 펼쳐져 있었습니다.

"도회지는 참 좋구나. 대도시 같은데."

느껴 그 도회지의 분위기를 실컷 맛봤습니다. 부모가 반대하는 통학이었기 때문에

"내일도 올 수 있을까. 모레는 올 수 있을까."

하며 매일 조마조마한 마음으로 다니고 있었지만 고죠의 도회지에 나올 수 있다는 것과 똑똑한 친구들과 만날 수 있다는 것이 기뻐서

'부디 계속해서 다닐 수 있을까…'

기도했습니다. 입학한 지 얼마 되지 않아 공부다운 공부가 없어서 대신 근로봉사가 시작되었습니다. 산에 가서 숯을 만드는데 필요한 나무를 자르기도 했습니다. 방공호(防

空壕)에 들어가거나 대나무 숲에 피난하거나 하는 훈련도
있었습니다.

그 해의 여름 방학, 집에서 추석 준비를 하고 있었을 때
"중대 방송이 있다."
해서 근처의 집으로 모여 앉아 있었습니다.
"나는…"
천황 폐하의 둔탁하고 낮은 목소리가 라디오에서 들려왔
습니다. 일본이 전쟁에서 졌다는 것을 알게 되었습니다.
주위는 침통한 분위기로 변했습니다. 며칠 후 어머니가
"이것 참 큰일이다. 이제는 한국으로 돌아가지 않으면
안 돼."
하시며 귀국 준비를 시작하셨습니다. 1개월 정도 지나서
"조국에 돌아가는 배가 고우베 쪽에서 떠나니까 거기에
서 모두들 타고 돌아가지 않으면 안 돼. 돈 따위는 가지고
갈 수 없으니까 숨겨서 가져가지 않으면 안 되겠어."
짐을 열심히 정리하고 2, 3일 바쁘게 짐을 싸고 있었습
니다. 저도 마음 속에서 조마조마 하면서
'조선이라고 하는 나라에 돌아가게 되는구나. 그건 그것
대로 괜찮아.…'
라는 생각이 들었습니다. 그로부터 일주일 정도 지나자
오사카에 나가던 아버지가
"배가 침몰해서 사람들이 많이 죽었다."

라는 정보를 듣고 오셨습니다. 아버지는

"어떻게 하지. 어떻게 하지."

하며 어머니와 상의하고 있었지만 어머니는

"이렇게 고생하며 일본에 있고 싶지 않아. 돌아가요. 돌아가요.…"

하고 우기셨습니다. 아버지는

"조금만 더 상황을 보는 게 좋겠어. 지금 돌아가면 배가 뒤집어질지도 모르고 바다 한 가운데서 어떻게 될지도 몰라. 조금 더 안정된 후에 돌아가는 게 좋겠어."

하시며 어머니를 달래고 있었습니다. 그리고 또 며칠이 지나서

"이대로 여기에 남는 게 좋지 않을까. 모두가 몰려 돌아가고 있는 것 같지만 조선에서도 생활이 어렵대. 처음부터 다시 시작하는 것도 큰일이니까. 조금 더 돈을 모아서 돌아가는 것이 좋을 것 같아. 지금 돌아가도 소용없을 거야."

라는 결론에 이르자 어머니는 울며불며 짐을 풀고 있었습니다.

어머니가 귀국을 단념한 이유가 한 가지 더 있었습니다. 5명의 아이가 있는데다가 뱃속에 6번째의 아이가 있었기 때문에 쉽게 꼼짝 못할 것 같았습니다. 저는 지금의 상태가 유지된다는 것에 일단 안심이 되었습니다.

전쟁이 끝나고 다시 학교에 통학하기 시작했습니다. 제

가 학교에 가는 것을 반대하시는 아버지께서 학비는 일체 내지 않았습니다. 그 뿐만 아니라

"왜 매일 학교에 다니는 거야. 학비는 어디서 나오고 있는 거야."

라고 화내는 모양이었습니다. 그러자 어머니는

"그만 두라고 하는데도 제멋대로 가고 있는 거예요. 돈도 낼 수 없다고 하는데도 학교 쪽에서 돈은 필요 없으니까 오라고 해서 다니는 거예요."

하고 말해주셨습니다. 그러자 아버지는

"돈이 들지 않으면 아무래도 좋아.…"

하고 납득하셨습니다. 물론 학비가 필요 없다고 하는 것은 거짓말이고 어머니가 언제나 아버지 몰래 자신이 모아 놓은 돈에서 학비를 내주셨던 것입니다.

"학교 그만 두거라."

하시면 정말로 그만 두어야 했기 때문에 매일 무서워서 흠칫흠칫하면서 학교에 다니고 있었습니다. 언제나 한 번 학교를 그만 두라는 말을 들었을 때 그것을 담임선생님께 의논하니

"이건 너무 아까워요. 이렇게 머리 좋은 아이의 재능을 꺾으면 안 돼요. 계속 학교에 보내 주세요."

하며 선생님이 우리 집까지 부모님을 설득하러 와 주셨습니다.

“그렇다면 할 수 있는 데까지 해 보겠습니다.”

“돈이 없다면 없는 대로 갈 수 있는 방법도 있으니까.”

“그렇다면 열심히 해서 갈 수 있는 데까지 가보렴.”

이렇게 해서 그럭저럭 학교에 계속 갈 수가 있었습니다. 어머니는 남에게서 동정을 받거나 도움을 받는 것을 싫어하는 분으로 저의 학비를 벌기 위해서 이를 악물고 열심히 하셨던 것 같습니다. 혼자서 2시간 반 걸리는 통학을 매일 1년 동안 계속 했습니다. 대문 왼쪽에는 커다란 여름 밀감나무가 있고 감꽃이 필 때는 그 향기를 자주 맡았습니다. 집을 나가면 쭉 내리막길인데 그 내리막길이 끝난 곳에 니부강변의 둑길을 누비듯이 걸어가 30분 정도 가면 산길이 있고 길로 지나다녔습니다. 그 산길은 수목의 터널처럼 낮에도 조금 어둡고 침침하여 위험이 도사리고 있는 지름길을 걸어다녔습니다. 산길에는 하얀 백합이나 빨간 백합이 화려하게 피어 있고 비가 온 뒤에는 빗물에 깊이 패어 있기도 했고 토사가 무너지며 돌이 떠내려가서 산길의 모양이 자주 바뀌었습니다. 그런 지형 변화를 관찰하는 것은 지학 공부에도 도움이 되어서 시험 때 좋은 점수를 받기도 했습니다.

1시간 정도 가면 그 산길을 빠져나와 과수원 들판이 넓게 펼쳐져 있습니다. 아노우 마을의 중심지로서 관공사나[1]

---

1) 일본에서 고다이고 천왕이 요시노에서 세운 남조와 아시카가타가우

남북조 시대의 황거가 있는 와다의 촌락이 모여 있는 곳으로 여기 저기 논밭도 있고 논두렁에는 그때 그때의 꽃이 피었습니다. 제비꽃이나 민들레, 엉겅퀴 등…그 중에서도 연보랏빛 엉겅퀴꽃이 마음에 들어서 무심코 손을 대어 다치기도 하였지만 저의 생명을 구해준 수선화에 감사하면서 주변의 아름다움을 즐기기도 했습니다. 그 들판을 1시간정도 걸으면 마침내 고죠의 민가가 보이며

"벌써 학교구나."

안심이 되고 오오카와다리를 건너면 번화한 대도시라는 느낌이 듭니다. 그 오오카와다리에서 15분 정도 걸으면 민가가 밀집해 있고 책방 카메라가게 등 상점이 쭉 늘어서 있는 쇼레이까이 도오리라는 언덕길의 상점가에 들어서 그 상점가를 빠져나가면 학교였습니다. 집에서 학교까지 걸어서 2시간 30분 정도였습니다. 익숙해져서 빨리 걸으면 2시간 달려서 가면 1시간 30분 정도 걸렸습니다.

2학년이 되자 같이 다닐 친구가 1명 생겼습니다. 그 아이는 동급생이었지만 부모와 같이 가거나 다른 길로 다니거나 해서 같은 마을에서 다니고 있는 것을 몰랐습니다. 1년 정도 지나자

"같이 다닐래?"

하고 말을 걸게 되었습니다. 그 아이는 마음씨 착한 여

지가 교토에 세운 북조의 도조정이 대립하던 시대(1336~1392)

자아이로 같이 다니면서 언제나 저의 가방을 들어주었습니다. 그애의 집도 농가로 언제나 하얀 쌀밥의 맛있는 도시락을 가지고 왔습니다. 그 도시락을 언제나 받고 그 대신에 가지고 온 고구마를 반씩 나누어 먹었습니다. 지금 생각해 보면 일종의 구박을 했는지도 모르겠지만 그런 느낌이 들지 않는 사이였습니다. 학교가 끝나 오오카와다리를 건너면

'아아. 또 산속을 지나가지 않으면 안되는구나…. 산을 네 개나 넘지 않으면 안되는구나. 저렇게 먼 곳에 우리 집이 있었다니'

라고 한숨이 나올 때도 있었지만, 익숙해지자 걸어가면서 숙제를 하기도 하고 친구에게서 빌린 책을 읽기도 하고 어떨 때는 영어 단어를 외우기도 해 집에 가는 그 거리가 저의 공부 시간이었습니다. 같이 돌아갈 친구가 있을 때는 그 애가 가방을 들어 주었기 때문에 저는 더욱 열심히 공부를 하였습니다. 결국에는

'이 거리를 이용해 공부할 수 있어서 참 다행이다.'

하고 느끼게 되었습니다.

밤하늘의 길

　일본은 전쟁에 패해 학교의 제도도 변하는 과도기로 고죠고등여학교는 남녀공학 고죠고등학교로 변했습니다. 한 반에 30명으로 A, B, C, D, E 5개 반이 만들어졌고 전교생이 800여명 정도가 되었습니다. 고등학교 교복은 여학교 시대와 같이 넥타이를 나비처럼 매고 감색 주름 스카트의 세일러복이었습니다. 그 스카트를 잘 때는 언제나 요밑에 깔아서 다림질 대신에 주름을 잘 잡아 두었습니다. 주름이 삐뚤어져 있으면 어머니한테 주의를 받았습니다. 고등학교 시절도 리 하나코라는 이름으로 다녔습니다.

　'조그만 게 별난 애야.'

라는 느낌으로 두드러진 존재인 것 같아서

"리씨, 리씨."

모두 쉽게 기억해 인기 있는 사람이 되었습니다. 선생님도 금방 외워주셨습니다. 저도 한국 사람이라든지 조선인이라든지 의식을 갖지 않고 천진난만하게 행동하고 있었기 때문에 민족적인 차별을 별로 느끼지 않았습니다. 선생님들도 모두 멋있게 보였습니다. 역사 선생님은 시야가 넓고 마음씨가 넓은 사람으로 수업이 재미있었고, 영어 선생님은 교오또 대학 출신이었습니다. 체육 선생님도 재미있게 지도해 주셨기 때문에 잘 못하는 체육도 마음에 걸리지 않게 되었습니다. 그 중에서도 담임 선생님은 국어, 한문 선생님으로서 여러 가지로 귀여워하며 돌봐 주셨습니다.

고등학생이 되어도 마찬가지로 아침 6시에 나와 학교가 끝나는 것이 5시, 6시였기 때문에 수영부나 생물 클럽활동에 적을 두고 있었지만 클럽활동을 할 시간도 없이 집에 돌아오면 8시나 9시가 되었습니다. 아침 어두운 사이에 나와 밤에도 어두워져야 돌아가는 것이 일과였습니다. 나무들로 덮어진 숲길이었기 때문에 낮에도 어스름해 처음 얼마 동안은

"이렇게 무서운 길을 걸어갈 수 있을까."

하고 생각했습니다. 때로는 나무 위에서 뚝뚝 모래가 떨어지기도 하고 짐승 길에서 잔돌이 굴러 떨어지기도 해서 움찔했습니다. 그런 것들은 너구리나 여우의 짓으로 익숙해지자 너구리나 여우 멧돼지들이 있는 낌새를 알게 되었

습니다. 밤이 되면 너구리가 눈을 번뜩이며 모래를 뿌리곤 했지만 돌아오는 길이 10시쯤 되면 사방은 컴컴해 아무것도 보이지 않았습니다. 그럴 때는 하늘을 보고 걸었습니다. 밤하늘의 길을 따라서 연장이 되고 길잡이가 되었습니다. 그래서 별이 빛나는 길을 더듬어 걸어갔습니다. 익숙해지자 그것이 당연한 것처럼 되어 무섭다고 느끼지 않게 되었지만 때로는 담임 선생님이

"그런 곳은 위험해. 우리 집에서 자면 좋지."

하셔서 선생님 댁에서 잠도 자고 식사도 대접 받은 적도 자주 있었습니다. 여러 가지로 돌봐 주신 담임 선생님이었기 때문에 선생님이 가르쳐 주시는 한문은 당연히 좋아하는 과목이 되었고 공자, 맹자 등을 열심히 공부했습니다. 선생님의 말투도 재미있었고 이박이나 동연명 등의 시를 읊을 때는 그 곡조에 황홀해졌습니다. 낭랑한 넓은 세계가 보이게 되는 것 같아서

'중국이란 훌륭한 나라구나. 일본은 섬나라여서 전혀 느낌이 달라. 역시 사람은 넓은 마음을 갖지 않으면 안 돼.' 라고 느껴 왠지 넓은 기분이 되었습니다. 한문 외에 영어도 잘 하게 되었습니다. 좀 더 넓은 세상을 알고 싶은 호기심 때문이었습니다. 일본에서 태어나 일본에서 자란 저는 한국은 아직 모르는 나라였지만 부모님의 이야기에 의하면 꽤 훌륭한 나라라는 것이었습니다. 그러나 일본 사람

이 조선 사람에 대해서 얕보는 말씨를 하거나 열등한 사람처럼 취급하는 것을 보면

'그렇다면 왜 일본에 왔을까.'

하는 의문도 솟았지만 그런 일본과 조선이라는 2개의 나라밖에 모르는 때 영어를 사용하는 나라가 있다는 것을 알게 되어

'다른 세계가 있구나. 이것 참 좋겠다. 일어나 한국어보다는 영어를 해 두면 장래 희망에 차서 일 할 수 있을지도 몰라.'

라는 생각이 들어 더욱 영어가 좋아졌습니다. 어머니는

"너는 좁은 나라에서 가만히 있을 사람이 아니야. 남자였다면 세계를 뛰어다니며 활약할 운세를 가진 사람일 텐데 여자니까 어디까지 갈지 모르겠지만 온 세계를 뛰어 돌아다닐 운세를 타고났으니까 열심히 해봐."

하고 생각난 듯이 때때로 저를 격려해 주셨습니다. 그런 일도 영어에 열중시킨 요인으로

'그래 외교관이 되자. 그렇지 않으면 무역 관계의 구매자로 되자.'

라고 꿈을 꾸었습니다. 그리고 통신 교육으로 영문 타자도 배우기 시작했습니다.

"너 같으면 국제 비즈니스 걸이 될 거야. 잘 해봐."

친구가 추켜 주자 더더욱 그런 기분이 들었습니다.

숙제로 수예 작품을 내는 것이 있어서 테이블 클로스나 스웨터를 뜨는 방법을 뜨개질을 잘 하시는 어머니에게 조금씩 배우고 모두가 잠들어 고요해진 가운데 촛불을 의지해 밤새 떠서 제출한 적이 있었습니다. 끝났을 때는 아침 3시로 손재주 있는 어머니도 깜짝 놀라셨습니다.

저는 소학교 때부터 개구리 해부 등을 잘 했기 때문에 생물 시험은 언제나 톱이었습니다. 의사 선생님이 되고 싶은 친구가

"리씨는 잘 하네. 가르쳐줘."

해서 어느새 그녀와 사이 좋게 사귀게 되었습니다. 그 외에 남자 친구 중에는 현재 도쿄(東京)에서 훌륭한 조각가가 되어 있는 사람이랑 아동 문학을 쓰고 있는 사람이랑 그리고 오사카에 있는 동양도자기 미술관의 관장이 된 사람 등이 있고 모두 친하게 지냈습니다.

조국으로 돌아가는 것을 단념한 아버지는 한때 노무자 합숙소에 인부를 두고 토목공사에 종사하게 되었지만 어머니는 인부가 드나드는 노무자가 합숙소의 직업을 항상 싫어했던 것 같았습니다. 멀지 않아 도붓장사를 시작하게 되었습니다.

"저 집 리씨네의 딸은 참 잘났어. 아버지는 행상을 하고 있어도 역시 똑똑한 아버지인가봐."

라는 소문이 난 것 같았습니다. 그런 소문을 들은 아버

지는 일용 노무자 일에 자존심이 용납되지 않아

'이것 해라. 저것 해라. 라고 명령받는 일용 노무자는 더 이상 할 수 없어.…'

라는 기분이 되었는지 머리를 짜고 짠 끝에 독립해서 장사를 하기로 결정한 것 같았습니다. 아노우는 감의 본고장이었기 때문에 처음에는 감을 팔러 다니는 행상을 했습니다.

이럭저럭 하는 동안에 오사카의 쯔루하시까지 나가 섬유제품을 사들여 요시노의 마을을 찾아 그것들을 팔러 다니게 되었습니다. 그것이 마을 사람들의 호평을 받고 장사도 궤도에 오르게 되자 우리 집도 경제적으로 조금 여유가 생겨서 아버지가

"열심히 해라."

하고 격려해 주셨습니다. 그 격려는 한 번 밖에 없었지만, 그 때는 정말로 기뻐서 결심을 새로이 했습니다. 그 후부터 저는 안심하고 학교에 다니게 되었습니다. 오사카의 쯔루하시에 나갈 때는 고죠역에서 기차를 타야 하니까 어느 때는 아버지와 함께 아침 일찍 집을 떠나서 고죠역까지 걸었습니다.

고죠의 학교에 다니기 시작한 지 4년만에 마침내 자전거를 사주셨습니다. 다른 사람처럼 자전거 통학을 하게 되었습니다. 몸집이 작았기 때문에 작은 사이즈의 제일 싼 것이었습니다. 그 때에는 소형차 한 대가 지나갈 3m정도 되

는 새로운 길이 완성되어 집을 나서면 내리막길이었기 때문에 단지 타고만 있으면 되었습니다. 급커브도 꽤 있는 길이었기 때문에 핸들을 잘못 꺾으면 골짜기 밑까지 쏜살같이 떨어져 버립니다. 처음에는 브레이크를 꽉 쥐고 있었지만 익숙해지자 브레이크 없이 휙 휙 달려서 스키보다 빠른 편이었습니다. 아무것도 생각하지 않고 그냥 달리기만 해도 기분이 정말 상쾌했습니다. 학교까지 30분이 있고 통학 시간은 대폭 단축되었습니다. 난폭한 운전에는 반드시 위험은 따라 다니기 마련입니다. 어느 날 도로 옆의 돌에 부딪혀 몸이 하늘을 날며 바람에 내던져져 도중까지 굴러갔습니다. 자전거는 쭉 미끄러져 내려가다가 길 도중에서 멈췄습니다. 결국 온 몸이 터지고 학교에 가기는커녕 자전거를 내팽개쳐둔 채 집까지 걸어 되돌아간 적이 있었습니다.

반대로 돌아오는 길은 쭉 언덕길이어서 자전거를 밀면서 돌아와야 했습니다. 산길을 자전거를 밀면서 걷는 게 힘들어 쉬면서 돌아왔지만 그래도 어두워지기 전에 돌아올 수가 있었습니다. 같은 마을에서 상급생 남자아이도 자전거 통학을 하고 있어서 돌아오는 길에 자주 만났습니다. 제가 고등학교 2학년 때의 일로 함께 자전거를 밀면서 올라가니

"힘들지 않아?"

"아니야. 괜찮아. 힘들텐데…"

"아니야. 난 벌써 익숙해져 있으니까 괜찮아. 괜찮아."

라고 해서 자신의 자전거로 저의 자전거를 함께 밀어 주었습니다. 그는 언제나 이것 저것 가르쳐 주며 친절하게 해주었습니다. 덧붙여서 말하면 제가 자전거로 다니기 전에 같이 걸어다녔던 그녀는 계속 걸어다녔지만 1년 후에는 자동차 도로가 완성되어 버스 통학을 하게 되었습니다.

수선화의 뿌리

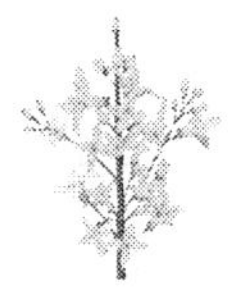

　자전거로 다니기 시작한 지 얼마 되지 않는 어느 날 고등학교 1학년의 신학기가 시작되어서 1개월 정도 흘렀을 때라고 기억하고 있습니다. 자전거로 다니는 친구 3명과 함께 학교에서 돌아가는 도중 걸어다니는 5, 6명의 남학생이 이것저것 쓸데없이 참견해 왔습니다. 그들은 언제나 5, 6명으로 패를 짠 행동이 좋지 않은 학생들이었습니다. 민족 차별적인 말을 염치도 없이 내뱉듯이 했기 때문에 화가 난 저는 되받아치며 그들에게 나쁜 말을 하기도 하고 동시에 반사적으로 자전거에서 내려 그 주변에 있던 돌멩이를 주워서 그들을 노려 획획 던졌습니다. 그 돌멩이가 2, 3명에 맞았기 때문에 그들이 안색이 변해 뒤쫓아왔습니다. 다른 여자 애들에게는 거들떠보지 않고 저를 노려 뒤쫓아 왔기 때문에 저는 자전거에 뛰어 올라타 열심히 달아났지만 작은 자전거였기 때문에 그들이 달리는 게 더 빨라 따라 붙게 되어 타고 있는 자전거와 함께 쓰러졌습니다. 그 바람에 강하게 엉덩방아를 찧고 심한 고통을 느껴 움직일 수 없게 되자 그대로 쭈그려 앉고 말았습니다. 움직이지 못하는 저의 모습을 보고 당황했는지 그들은 돌아갔지만 같이 오던 여자 애들이 3명이 걱정되는 얼굴로

"괜찮니?"

일으켜 주고 끌어 주어서 겨우 집에 돌아와 그대로 잠들어 버렸습니다. 집에서는

"왜 남자애들하고 그런 싸움을 하니 이젠 소학생이 아닌데 바보 같은 짓 좀 작작해라.…"

어머니한테 꾸중과 얻어맞은 꼴이 되어 엎친데 덮친격이었습니다. 아픔은 더욱 심해지고 열도 나기 시작해 그 날 밤부터 일어날 수가 없었습니다. 1주일 정도 지나자 아픔은 더욱 심해져 전혀 걸을 수 없게 되었습니다. 통신 교육으로 배우기 시작했던 영문 타자를 공부한다는 것은 생각도 못할 일이었습니다. 걱정이 되는 부모님은 저를 의사 선생님께 데리고 가 진찰을 받아보니

"다리를 절단하지 않으면 안 되겠어요."

라는 진단이었습니다. 부딪친 데가 곪고 있다고 합니다. 어머니는 깜짝 놀라서

"여자는 죽어도 다리를 절단하면 안돼."
하시면서 큰 병원으로 갔지만 거기서도
"다리를 절단해야만 된다."
라는 진단이었습니다. 그러자 어머니는
"내가 고칠 테야."
라고 해 저를 집으로 데리고 돌아왔습니다. 그리고 감자 같은 모양의 수선화 뿌리를 갈아서 그것을
"열을 내리게 하는 거야."
하시며 엉덩이의 부딪친 데에 붙이셨습니다. 하루에 몇 번이나 바꾸어 주셨습니다. 어머니는 일하러 나가셔서 낮에는 혼자서 아픔을 참을 수 없어서 끙끙거리고 있었지만 일하시는 동안 짬을 내어 바꿔 주러 와 주셨습니다. 며칠 지나자 땀구멍에서 고름이 터져 나왔습니다. 저는 처음에는 알지 못했지만 보니까 지독한 고름이었습니다. 그 고름이 전부 나왔다고 생각했을 때 그 다음에는 어머니가 손으로 만드신 된장을 붙였습니다. 그리고 완치되었던 것입니다. 덕분에 다리를 절단하지 않고 완치되었지만 그 기간은 3개월 정도 걸렸습니다. 어머니는 자신의 아버지가 의사 선생님이어서 어렸을 때 본 것을 어렴풋이 기억하고 있는지도 모르겠습니다. 그 때의 어머니는 저의 간호만이라도 힘들었을 텐데 일도 해야 되고 동생들도 돌보아야 해서 매일 눈코 뜰 새 없이 바쁜 나날이었다고 생각하지만 3개월

동안 열심히 계속해서 저의 큰 병을 고쳐 주셨습니다. 수선화를 보면 지금도 저를 살려 준 수선화 뿌리는 생각하며 그 때의 일을 떠올려 어머니에게 감사드리지 않을 수 없습니다.

3개월 간의 장기 요양이었기 때문에 1학기 동안을 전부 쉬어서 학기말 시험도 볼 수 없었습니다. 여름 방학이 끝나고 2학기부터 다니기 시작했지만 담임 선생님에게 직원실로 불려가서

"진급은 무리야. 남들과 같이 진급을 할 수 없어. 학교 교칙에 따르지 않으면 안 되고.…"

하고 말하셨습니다. 낙제 따위 당치도 않는 이야기였습니다. 반사적으로

"저는 절대로 그럴 수 없어요. 그렇게 되면 학교를 그만두어야 돼요. 절대로 안돼요."

"그렇지만 성적도 낼 수 없고 성적이 전부 0점이라는 말이야."

"어떤 문제가 나왔는지 저는 모르니까 시험을 보게 해 주세요."

하고 큰 소리로 말했습니다. 다른 선생님도 무슨 일이 생겼나 하고 이쪽을 보고 계셨습니다.

"할 수 없지. 하나코 그렇다면 점심시간에 매일 시험을 보게 해 줄까."

이야기로 점심 시간에 한 과목씩 직원실에서 혼자 시험지와 싸움하는 날이 계속 되었습니다. 그리고 결과는

"너 정말 잘했구나. 참 잘했어. 걱정하지 말아라. 직원회의 결과 괜찮다고 정했다. 진급할 수 있게 되었다."

라는 말을 듣고 휴우 하고 한숨을 내쉬었습니다. 보통이면 진급할 수 없는 상황이었지만 담임 선생님의 처분에 머리가 수그려졌습니다.

고죠에는 극장이 2개 있고 고죠에 살고 있는 친구는 영화 이야기를 자주 하고 있었습니다. 그런 이야기를 들으면

'보고 싶어'

충동에 이끌려 안절부절 했습니다.

고등학교 2학년으로 진학했을 때 저의 경우는 집에 돌아가면 당연히 영화는 볼 수도 없었고 일요일에 고죠에 나가는 것은 부모님이 허락해 주실 리라 만무했습니다. 영화를 보기 위해서는 수업을 빠지는 것 외에는 없었습니다.

들키면 물론 정학 처분이었습니다. 저는 자주 감기에 걸렸었기 때문에 그런 핑계로 자주 조퇴했습니다. 친구들도 속여야 했기 때문에 교묘하게 꾀병을 부렸습니다. 맨처음에 본 영화가 「내 청춘에 후회는 없다」라는 영화였습니다. 스토리 그 자체보다도 「내 청춘에 후회는 없다」라는 말 그 자체가 마음에 들고 큰 충격을 받았습니다.

'그래, 나도 내 청춘에 후회가 없도록 해야 돼. 큰 상처

를 입거나 해서 사람은 언제 죽을지도 모르는 거야. 자기 하고 싶은 대로 적극적으로 살자.'

기분으로 그 후에도 몇 번이나 수업을 빼먹고 영화를 보러 갔습니다. 큰 상처가 나아서 돌변했다고 할까. 뭔가 묘한 배짱이 생겼다고 생각했습니다. 다른 친구들은 대학을 목표로 보충 수업을 받고 열심히 공부하고 있었지만 저는 처음부터 대학에 진학한다는 것은 생각도 할 수 없는 일이라고 여겼기 때문에 할 일이 없어 따분했습니다. 때로는 칼싸움 영화도 몰래 보러갔습니다.

친구들의 수험 공부를 흘끗 보기만 하고 저는 유행가 연습에 열중했습니다. 저는 라디오가 없었기 때문에 라디오를 듣고 외운 친구들이 부르는 노래를 따라서 열심히 외웠습니다. 외워 버리자 이번에는 실제로 연기를 했습니다. 창고로 사용하고 있었던 어두컴컴하고 꽤 넓은 공간의 교실이었습니다. 점심 시간에

"지금부터 춤을 출 테니까 보고 싶은 사람은 전부 이리로 와."

친구들에게 알리자 남자애도 여자 애도 호기심에 몰려들었습니다. 창고가 된 그 교실에 몰래 들어가 모두에게 책상 등을 정리하게 한 후 거기서 여러 가지 유행가를 부르면서 보고 흉내내는 중에 저절로 터득한 훌라댄스를 추었습니다. 그러자 우뢰와 같은 갈채로

"하나코는 재미있는 애야. 내일도 잘한다고 칭찬해 주자. 그러면 저 애는 뭐든지 해줄 거야."

하고 소문이 나서 두세 번 그런 모임을 한 적이 있었습니다. 그렇지만 결국 선생님이 알게 되어서

"뭐하고 있는 거야. 뭐야 또 장본인은 하나코야. 너는 눈을 뗄 수가 없구나. 뭘할지 모르니."

하고 꾸중을 들었습니다. 그렇지만 선생님도 속으로는 웃음을 터뜨리고 계셨는지도 모릅니다.

제가 아련한 연장을 품고 있었던 같은 반 친구가

"하나코 이것 좀 읽어볼래. 아주 좋은 내용이야."

해서 헤르만 헷세의 「아름다운 청춘」이라는 책을 빌려 주었습니다. 그 친구가 말하는 대로 읽고 보니 그것은 소년과 소녀의 사랑 이야기였습니다. 그것보다 프랑스의 구석진 시골 풍경이 그림처럼 아름답게 묘사되어 있어 그 풍경이 아노우 산속의 사계절의 변화하는 모습과 겹쳐

'아아, 정말 좋다.'

감동하고 말았습니다. 그것이 제일 처음 읽은 소설이고 그 다음은 「표백의 혼」이라는 책을 빌려 주었습니다. 이것은 이해하기 어려운 내용이었습니다. 다음은 괴테의 「젊은 베르테르의 슬픔」이었는데 이것도 역시 뭐가 뭔지 어려운 내용이었습니다. 같은 괴테의 「퍼스트」도 마찬가지였습니다. 책을 살 돈이 없었기 때문에 친구한테 빌려서 읽었

는데

'빨리 돌려 줘야만 돼.'

하는 생각이 들어 열심히 읽었는데 3분의 1정도까지 읽고

'뭐야. 이것 이상야릇해. 뭔가 유령처럼 어두운 세계가 있담…'

느낌이 들어 도중에서 그만두어 버렸습니다. 도스토예프스키의 「죄와 벌」도 읽었지만 어두운 이미지의 뭔가 심오한 나라 같은 느낌이 들기도 했지만 빈곤에 시달리고 있는 사람이 많다는 인상도 들었습니다. 「백치」도 뜻을 이해하지 못했습니다. 「레미제라블」을 다시 읽어보았습니다. 여학교에 입학한 당시 「아아 무정」이라는 제목으로 한 번 읽었지만 같은 책이라는 것을 몰랐습니다.

공복으로 교회에 들어가 촛대를 훔쳤다는 사소한 죄로 형사에게 쫓기는 생활에 동정해서 눈물을 흘리면서도

'나쁜 일을 해도 빈둥빈둥 지내는 사람도 있는데 이세상에 이런 모순이 있어도 괜찮을까. 제가 만약 이런 입장이면 다른 사람에게 호소할텐데 왜 주인공은 모두에게 호소하지 않을까. 도망치기만 하고.…'

화가 난 반면

'사실은 소설보다 더 기이하다 라는 말이 있는 것처럼 이런 인생도 있을 거야. 이 세상에는 이렇게 불행한 사람도 많고 현실적으로는 더욱 더 비참한 사람도 있을 거야.

그렇다고 해도 사소한 일로 길을 벗어난 일을 하면서 무서운 일이다.'
　생각이 들었고
　"다른 사람의 것을 절대로 훔쳐서는 안된다. 도둑만은 절대로 안 돼."
　입에서 신물이 날 만큼 말씀하신 어머니의 가르침을 새삼스럽게 다시 한 번 느꼈습니다.
　'어머니가 말씀하시는 것은 바로 이것이구나. 한 가지 잘못 되면 일생을 망칠 수 있다는 것을 말씀하셨었지. 역시 어머니는 위대해'
　라고 생각했습니다.
　듀마의 「춘희」는 눈물을 흘리면서 밤새워 읽어냈습니다.
　시계를 보니까 4시전이었습니다. 벌써 일어나야 하는 시간이 되고 눈이 새빨갛게 부어 학교에 가니
　"무슨 일로 그렇게 울었니."
　선생님이 말씀하셨습니다.
　책을 빌려 준 친구는 도쿄에 가서 조각가가 되었지만 물론 저의 아련한 연정을 알 리가 없었습니다. 4, 5년 전 동창회 때
　"나에겐 첫사랑이었어요."
　40년만에 처음으로 고백하자
　"그랬었습니까."

나이에 맞지 않게 얼굴을 붉혔습니다.

3학기 시작한 지 얼마 되지 않을 때 학교에서 돌아오는 길에서 집주인의 딸과 마침 같이 가게 되었습니다. 서로 자전거를 타고 가면서 영어 단어 알아맞히기 시합을 하게 되었는데 그녀가 물어본 영어 단어를 저는 전부 대답했지만 제가

"이런 것 알아?"

물어본 영어 단어를 그녀는 맞출 수 없었습니다. 평소에 영어 공부로 그녀보다 성적이 나쁜 때가 없었고 그날도 분했던 것인지 갑자기 화제를 바꿔서

"나 대학 시험 볼 거야. 너는 아무리 영어 잘해도 그런 건 아무 쓸모도 없잖아. 우수한 재능을 가지고 있으면서도 그것을 활용할 기회가 없으니 돼지 목에 진주 목걸이다."

욕지거리를 퍼부었습니다. 저는 뱃속이 뒤틀릴 정도로 화가나 엉겁결에

"뭐라고 하는 거야. 나도 대학에 갈 거야."

하니까 깜짝 놀라서 조금 사이를 두었다가

"그렇다면 어디 볼 거야?"

"너 하고는 상관없어. 말하지 않을 테야."

말을 되받았지만 물론 대학 가는 것조차 생각하고 있지 않았기 때문에 시험 볼 학교는 정했을 리가 없었습니다.

"전혀 수험 공부도 하지 않았는데 갈 리가 없어."

"나는 시험 공부 따위 하지 않아도 가려고 마음먹으면 갈 수 있어."

코방귀만 뀌는 것처럼 말을 던졌습니다. 그 이후 저는 허세를 부린 체 막상

'어떤 일이 있어도 시험만이라도 보지 않으면 안 돼. 어떻게 할까.'

이 생각 저 생각에 괴로웠습니다. 다음날 담임 선생님이 마침

"하나코 너는 대학에 갈 수 없겠지?"

진로를 다시 확인을 하셨기 때문에

"아니오, 저 가기로 했습니다."

"어, 이제 와서 가기로 결정했단 말이야?"

"네, 그렇습니다."

"그래. 어디에 갈 것이야?"

"어디에 갈 것인가는 아직 검토 중인데요"

말하긴 했지만 분해서 입에서 나오는 대로 허풍을 떨었기 때문에 어떤 대학이라는 목표도 없었습니다. 그 후 이것저것 자료를 찾아 헤매며

'사립 대학은 돈이 많이 들고 돈이 들지 않는 곳은 국립 교육대학 밖에 없구나.'

결론에 따라 담임 선생님에게

"국립 대학에 시험을 보겠습니다."

"이제부터 국립 대학이라고 국립 대학은 모두가 모여드
는 곳이다. 너 괜찮겠니? 너는 공부하면 글세 할 수 있을
테니까 될지도 모르겠지만 괜찮겠니?"

"할 수 있는 데까지 열심히 해보겠습니다."

반 친구들 모두에게까지 이야기 해 버렸습니다.

"자, 그러면 하나코 집에 돌아가기 전에 잠깐 직원실에
들려줄래. 획 가버리지 말고."

"알겠습니다."

선생님 말씀하신 대로 직원실에 들르니

"너 갑자기 그렇게 말을 해도 어려울 거야. 모두가 열심
히 공부해도 쉽사리 합격할 수 있는 데가 아닌데, 너는 공
부도 하지 않았고 수험료만 해도 아까워. 시험을 보면 반
드시 합격해야 해."

"네, 그렇지만…"

"부모님은 알고 계셔?"

"아니예요. 부모님께는 아직 말씀드리지 않았습니다"

"뭐라고, 그럼 안 돼. 부모님께는 확실히 말씀드리지 않
으면 안 돼."

"부모님께 말씀드리면 틀림없이 안 된다고 하셔요. 그렇
지만 시험만 볼 거니까 괜찮아요. 갈 수 없게 되도 그런
대도 괜찮아요. 수험료 정도는 어떻게 마련될지 몰라요…"

"그것 참 큰 일이야. 좋아 알았다. 국어에 대해서는 선생

님이 특별 지도를 해 주지. 우리 집에 오너라. 내일부터라도 괜찮으니까 하룻밤 머무를 생각으로 오너라.”

이렇게 해서 저의 시험 공부가 시작되었습니다. 시험이 3월 중순이니까 2개월 밖에 없었습니다. 저의 외박을 미심쩍어 하시는 부모님에게 담임 선생님은

“우리 집에서 특별히 공부할게 있어서…”

“그렇다면 할 수 없지요.”

라는 이야기로 토요일에는 몇 번인가 선생님 댁에 묵고 국어의 특별 지도를 받았습니다. 그리고 싫어하는 고문 문제 등은

“여기는 잘 외워둬…”

요점을 지적해 주셨습니다. 그 뿐만 아니라 저의 집까지 와 주셔서 부모님의 설득을 해보셨습니다.

“당신네 딸은 머리가 좋고 성적도 좋습니다. 이대로 졸업하면 아까우니까 대학에 보내세요.”

“안 돼요. 그렇게 할 여유가 어디에 있어요.”

“그렇다면 대학 시험만은 보게 하세요.”

“응. 글세 그 정도라면…”

그 때는 선생님의 체면을 생각해서 승낙하는 것처럼 하셨던 것인지 그 후의 부모님의 태도는 변함없이 어디까지나 반대였습니다.

‘대학도 가면 안 된다고 하는데 국제 비즈니스 따위 도

저히 무리야. 혹시 선생님이 된다면 몰라도 국립 대학에서 제일 가까운 곳 하면 나라의 교육대가 가깝구나. 선생님이 되고 싶으면 그 대학이 좋아.'

이야기는 부모님을 승낙을 시키기 위해서 수험료는 나라 교육대학으로 좁혔습니다. 그래도 부모님은 반대하셔서 수험료도 내주시지 않으셨습니다. 그것을 선생님께 의논을 드리자

"수험료는 선생님이 빌려줄 테니까 시험을 봐라."

하시며 대학 시험료는 비밀로 빌려 주셨습니다.

영어는 자신이 있었기 때문에 특별히 지도를 받을 필요가 없고 이과도 좋아하는 과목이었으나 수학이 불안했습니다. 위학부를 지망하는 친구와 함께 공부하기 위해 그 친구 집에 들렸을 때

"난 수학이 골치거리야. 공부는 아무것도 하지 않아서 잘 몰라. 어떻게 하지."

의논하자 그것을 들은 그녀의 아버님이

"이 근처에 의과 대학생이 있어. 수학은 잘 해. 그 오빠한테 한번 요점만 가르쳐 달라고 하면 어떨까?"

"그렇다면 부탁해 주세요."

라는 이야기로 이것이야말로 하늘의 도움이었습니다. 친구집은 고죠역 앞의 막자가 가게이고, 집 옆에는 커다란 떡갈나무가 있었습니다. 나라의과대학에 다니는 그 오빠의

집은 걸어서 5~6분 정도 되는 곳에 있고 어렸을 때부터 자주 막과자를 사러와서 안면이 있다는 이야기였습니다

"리 하나코라는 애가 있는데 먼 아노우 마을의 산꼭대기에서 고죠고등학교까지 다니고 있는 조금 별난 아가씨 좀 가르쳐 주어라. 시험 보겠다고 2개월 전에 정했는데 수학만 제일 안 된다고 해."

"좋아요. 집에 오면 가르쳐 주지요."

이야기가 되었습니다. 그래서 일주일에 4번은 수업이 끝나면 청소 따위는 내버려두고 잽싸게 그 오빠 집에 뛰어가 그의 공부방에서 배웠습니다.

"도형 문제하고 기하, 평방근(루트) 문제 이 세 가지만 반드시 외워 두어야 해."

하며 철저히 가르쳐 주었습니다. 저보다 3살 정도 위이고 잘 생긴 사람이었습니다. 현재는 고죠시에서 병원을 개업하고 있습니다.

시험 직전에는 의학부를 지망하는 친구 집에서 3일 동안 신세를 졌습니다. 그 친구의 부모님께서

"이건 행운을 가져다 주는 거야. 찌쿠와1)를 통째로 먹으면 좋아. 찌쿠와는 터널처럼 한 가운데 쑥 통하는 구멍이 뚫려 있지. 그렇기 때문에 시험에 합격한다는 뜻이지."

---

1) 으깬 생선살을 길쭉하게 빚어 대 꼬챙이에 꿰어 굽거나 찐 관 모양의 음식

하시며 찌쿠와를 조리하여 대접해 주셨습니다. 그 친구
도 저와 같은 나라교육대학을 볼 예정이었습니다. 그 이유
는 나라현립의과대학에 첫 시험에 합격하는 것은 어렵기
때문에 나라교육대학의 이수계의 진학해서 2년 정도 배운
후에 편입 시험을 보는 것이 일반적인 선택 방법의 하나였
습니다.

나라교육대학

국어 시험에서는 담임 선생님께 특별지도를 받은 곳이 예상대로 나왔고 수학도 의대생이 강조해 준 세 가지 문제 중에서 도형과 루트 문제가 나왔습니다. 마음 속으로 엉겁결에

'다행이다.'

외치지 않을 수 없었습니다. 집주인 딸은 텐리(天理)대학을 보고 그 후에 저와 같은 나라교육대학을 봤습니다. 합격 발표 당일 집주인 딸이 보러 가자고 했지만 저의 수험 번호를 알려주고

"가는 김에 내 것도 보고 와."

라고 가자는 것을 거절했습니다. 붙었어도 갈 수 있는 가능성이 적었기 때문입니다. 갔다온 집주인 딸은

"이 번호 있긴 있었는데, 틀리지 않았어?"

라는 말을 지껄이고는 허둥지둥 집으로 들어가 버렸습니다. 저는 마음 속으로 기고만장이었습니다. 다음 날 신문에 합격자 발표가 게재되었습니다. 그것을 본 마을 사람들이 부모님께

"당신네 하나코 대단하네. 이 마을에서 처음이야. 이 마을에서 처음으로 대학생이 나왔다."

"하나코는 장차 어떤 인물이 될지 무서워, 세계를 뒤흔드는 인물이 될 거야."

여러 가지로 극구 칭찬했습니다. 그것을 들은 부모님은 깜짝 놀라서

"무슨 말을 하고 있는 거야."

눈을 껌벅거릴 뿐이었습니다.

"리 하나코라고 여기에 나와 있잖아. 당신네 딸이 틀림없지. 당신의 딸이 대학에 합격한 거야."

신문에 실린 곳을 가리키며 부모님께 보였습니다.

"그럴 리가 없어."

부모님은 여우에 홀린 것 같았습니다. 일을 마치고 돌아온 어머니는

"이거 너 이름이야? 정말…"

받아온 신문을 보여 주셨습니다.

"응. 그런 것 같애."

"모두들 축하해. 축하해 하니까 깜짝 놀랐어."

"응. 시험만이라도 보라고 선생님이 얘기를 하셔서 본 거야."

"……"

"글쎄, 보기만 한 것 뿐이야. 돈도 없고 별로 갈 생각 없지만…"

확실하게 말하지 않았습니다. 저의 합격을 기뻐해 주신 담임 선생님은 부모님을 설득하러 와 주셨습니다. 어머니도 선생님의 설득이라면 거절할 수 없어

"하루나 이틀만이라도 갈 수 있을 때까지 가보면 좋겠는데요…"

대답하고 계셨습니다.

입학식에는 우리 집에서 나가면 시간에 맞지 않기 때문에 고죠역 앞에 있는 친구 집에서 묵었습니다. 어머님과 같이 가는 친구를 따라가 입학식에 참석했습니다. 대부분의 신입생은 학부형과 동반으로 와 있었습니다. 저는 그런 신분은 아니었으니

'대학생이나 되어 부모 옆에 달라붙어 손잡고 와서 징그러워. 나는 너희들과 달라.'

자기를 분기를 시키는 한편으로

'이제 대학생이 되었다. 이제부터는 열심히 공부해야 돼.'

새롭게 마음을 먹고 기쁨을 음기했습니다.

유시오의 산꼭대기 집은 초가지붕이고 집 구조는 부엌과 다다미1) 6장 정도의 방이 3개 있었습니다. 부엌에는 땔나무를 때는 아궁이가 4개 정도 있고 냄비 2개, 솥 2개를 나란히 걸어 동시에 밥을 지을 수 있었습니다. 아이가 태어나자 그 아궁이에서 자주 물을 데웠습니다. 대학에 입학한 지 얼마 되지 않을 때 1950년 9월 3일의 일로 태풍이 닥쳐서 산꼭대기에 있었던 우리 집도 큰 피해를 입었습니다. 벽이 날아가고 문도 날아가 버렸습니다. 다행이 지붕만은 남았지만 비가 옆으로부터 폭포처럼 쏟아져 이불은 전부 물에 잠기고 무서운 하룻밤을 세웠습니다. 태풍이 지나자 뒷정리는 일주일 정도나 걸려 아버지도 어머니도 눈코뜰새 없으셨습니다. 신문에는 전국에서 사망자가 336명이었답니다.

그 뒤 얼마 후에 산 밑 주변에 집을 사서 산꼭대기에 평지로 이사했습니다. 국도를 남쪽으로 가면 도쓰(十津)강 방면으로 통하며 북쪽으로는 고죠로 통했습니다. 와다라는 촌락이고 거기에는 면사무소도 있고 소학교도 있고 잡화상도 있고 여관도 있어서 나시요시노 긴자(銀座)2)라고 불리는 곳입니다. 아버지가 하시는 장사도 궤도에 올라서 보다 편리한 곳으로 이사를 했던 것이죠. 이사는 온 가족이 총출동으로 산 위에서 아래까지 4km 정도의 거리를 짐을 들

---

1) 속에 집을 넣은 돗자리
2) 토쿄(東京) 에 있는 가장 번화한 거리

거나 등에 메거나 해서 몇번이나 왕복을 했습니다. 끝났을 때는 모두들 죽는 소리를 냈습니다. 새 집은 기와지붕이고 부엌 외에 방이 5개나 있어서

"이제야 겨우 사람답게 살게 됐다."

모두 기쁜 모양이었습니다. 그 시대 조선 동란이 일어나고 한국은 전쟁상태에 있었다는 것을 어렴풋이 기억하고 있었지만 아버지나 어머니의 행동에서는 그런 것은 별로 느낄 수가 없었습니다. 생활 터전이 없는 조국에서 일어나는 일은 전생이라도 역시 내게 무관한 일이었을까?

국철 고교역에서 카시하라(橿原)까지 타고 그 역에서 갈아타고 나라역에서 내렸습니다. 처음 보는 나라역은 크고 깨끗한 건물이었습니다. 저는 고죠역에만 보고도 도회적인 분위기를 느끼며 감동을 했었는데 나라역은 더욱 더 도회적인 분위기였습니다. 아직 한번도 보지 못 한 세계라고 할까요. 앞으로의 대학 생활을 생각하니 저절로 가슴이 설레였습니다. 현재 나라현청이 있는 곳에 교육대학이 있었습니다. 나라여자대학이 인접해 있어서 교수님들도 왔다갔다하며 겸임을 하였습니다. 나중에 남편을 나라로 안내했을 때

"이쪽이 나라교육대학이고 저쪽이 나라 여자대학이에요."

라고 손가락으로 가리키니 남편은 나라여자대학의 교사가 마음에 든 것같이

"훌륭하다…"

감탄을 하였습니다.

"나라여자대학도 나라교육대학과 같은 것 같아요."

라고 했기 때문에 남편은 오랫동안 오해하고 있었던 것 같았습니다.

입학한 후 즉시 교무실에 불려갔습니다.

'무슨 일이야. 왜 나만…'

불안한 마음으로 가보니

"호적등본을 받아 오세요."

라고 했습니다. 저는 지금까지 거의 모든 일이 외국인 등록 증명서로 처리되었기 때문에 호적등본 같은 것은 안 중에도 없었습니다. 다른 사람에게는 그런 것을 요구하고 있는 기미도 없기 때문에

"저만 왜…"

"당신은 외국인 요컨대 제3국인3)니까 호적등본이 없으면 안 됩니다."

라는 것이었습니다. 그래서 당황해서 한국에서 호적등본을 가져오게 하였습니다.

'역시 일본이라는 나라는 우리들에게 있어서는 딴 나라야. 이국이야…'

느꼈습니다.

---

3) 특히 일본에 있는 한국인, 중국인을 가리킴

기차 통학은 잠깐 뿐이었고 저는 대학 기숙사에 들어 갔습니다. 한 방에 3명 내지 4명이고 5명 있는 방도 있고 모두 20명 정도였습니다.

새 1학년 기숙사생은 6명이고 저는 4명이 쓰는 방이었습니다. 두 사람이 상급생이었습니다. 한 사람은 음악과이고 피아노를 매일 열심히 연습하고 있었습니다. 또 한 사람은 저보다 한 학년 위로 국문과를 전공하는 문학 소녀였습니다. 저와 같이 신입생인 그녀는 이과계를 다니는 의학 지망생이었습니다. 책상이 방의 네구석에 놓아져 있고 그것이 각자의 책상이었습니다.

아침 식사는 보리밥 한 사발과 거기에 된장국과 반찬이 두 종류였습니다. 때로는 보리밥 대신에 『야마토의 죽』4)이라는 죽이 나왔습니다. 한창 먹을 나이였기 때문에 그것만으로는 충분치 않아 거리에 빵을 사러 달려갔습니다. 여름에는 아이스캔디를 자주 사러 갔습니다. 식사시간이 되면 종이 땡땡하고 울리고 그것을 신호로 모두 식당에 모이고 마련되어 있는 식탁에 앉아 식사를 하였습니다. 저는 언제나 같은 방의 한 학년 선배인 문학 소녀 니시 가쯔코씨와 같이 먹었습니다. 저는 몸이 작은 편인 데에 비해 많이 먹고 먹는 속도도 빠른 편이었습니다. 언제나처럼 다른 사람

---

4) 쌀과 물아내에 처음부터 녹차를 넣고 끓임. 야마토는 옛 땅 이름으로 지금의 나라현.

보다 한 걸음 빨리 다 먹고나서 물끄러미 보고 있으면

"더 먹고 싶니?"

라고 해서 자기의 밥이나 반찬을 주거나 하면서 잘 보살펴 주었습니다. 신입생의 한 명중에 팔등신 미인이고 문학과에 적을 두고 하나부터 열까지 모두 도시적으로 세련된 사람이 있었습니다. 세상의 물정도 예의 범절도 모르는 두메 산골의 촌사람으로 자란 저는 그녀 앞에서는 열등감을 느끼지 않을 수 없었고 여러 가지 점에서 화가 났습니다. 그런 탓인지 그녀에 대한 한 마디 한 마디가 저도 모르는 사이에 화가난 저는 1개월 정도 지난 어느 날 그녀가 입술 연지를 칠하고 가루분도 칠해서 엷은 화장을 하고 있는 것에 불끈불끈 치밀어 올라

"너 대학이라는 곳이 뭘 하는 곳이라고 생각하는 거야?"

라고 아는 체하고 나무라고 따졌습니다. 예쁜 사람이 화장을 하며 더욱 화가났습니다. 멍청한 얼굴을 한 그녀는 아랑곳없이

"공부를 해야하는 학생이 그런 화장을 하고 물장사라도 할 생각이야?"

라고 지껄였습니다. 많은 사람 앞에서 말을 했기 때문에 그녀도 정말로 두손을 들었는지

"이런 사람에겐 당할 수가 없어. 이런 기숙사 생활…"

라는 내용으로 기숙사를 나가 하숙을 하고 말았습니다.

나중에 그 일을 알게 된 니시 가즈코씨는

"그런 건 말하는 게 아니야."

라고 저의 천한 말씨를 꾸짖어 타일렀습니다. 니시 가즈코씨는 책을 많이 읽어서 뭐든지 잘 알고 있었습니다. 조금이라도 앞뒤가 맞지 않은 말을 하면 상대가 교수님이라 할지라도 따지고 들어 교수님도 쩔쩔 매었습니다. 그런 니시 가즈코씨였지만 어쩐지 저에게는 친절하게 여러 가지 가르쳐 주었습니다. 그렇기 때문에 저는 니시 가즈코씨에게만 고분고분했습니다. 기숙사 생활을 시작한 지 3, 4 개월 지났을까 어느 날 식사가 끝나고 방에 돌아와 책상 앞에 앉아 있을 때 음부 근처가 뜨뜻미지근해졌습니다.

'이상해'

생각하면 엉거주춤하며 들여다보니 많은 출혈이 있었습니다. 조금 당황하여 맞은 쪽 책상에 앉아 있는 니시 가즈코씨를 불렀습니다.

"잠깐 부탁해. 이리 와봐."

"뭐야 하나코"

"이렇게 출혈했는데."

"너 아직 이것도 안 했었어?"

"무슨 일…"

"너 이런 것도 몰라? 들은 적이 없어?"

"아무것도 몰라."

"이것 참 큰일났네. 축하 잔치 해야돼. 이건 당연한 일이야. 진작부터 했었어야지. 아직도 없었다면 이상한 거지. 너 정말로 처음이니?"

"응."

"그렇다면 잠깐 기다려."

자기가 가지고 있는 탈지면을 가져와서

"자, 같이 가자"

저를 화장실로 데리고 가 그 곳에서 친절하게 처리 방법을 가르쳐 주었습니다. 그 다음

"축하 잔치 하자."

라고 같은 방의 사람들끼리 돈을 모아 팥밥을 사다가 축하해주었지만 저로서는

'이렇게 축하할 만한 일도 아닌데…'

라는 생각으로 어리둥절하기만 할뿐이었습니다. 생각해 보면 어렸을 때부터 여자아이들과는 그다지 놀지 않고 남자아이들하고만 놀고 중학교·고등학교 때도 남자아이들과 싸움을 하는 여자아이였고 어머니한테서도 초경의 이야기 같은 것은 들은 적이 없었습니다. 그렇기 때문에 여자로서 의식은 늦어지고 그런 저에게 여성으로서의 몸가짐을 가르쳐준 것은 바로 니시 가즈코씨였습니다. 그 이후 저는 자신이 여성이라는 것을 자각하고 사고방식도 바꿔 얌전한 처녀가 된 게 아닐까요. 니시 가즈코씨는 저를 똑같이 남

자 같고 억척스러운 성격이라고 생각하고 있었는지 제가
자기보다 약한 사람이나 어려움에 처한 사람에게 친절하게
대하는 것을 보고

"너 따뜻한 마음을 가지고 있구나. 보기와 아주 딴판이
야."

놀란 얼굴을 하고 있었습니다. 확실히 저의 성격은 저보
다 강하게 느낀 사람에게는 엄하고 약한 사람에게는 다정
하게 대하는 경향이 있었습니다.

영어 변론 대회

　여름 방학 때 집에 돌아가자 부모님이 반갑게 맞이해 주셨습니다. 아버지도 그 때는 아무런 트집 잡지 않고 싱글벙글 웃는 얼굴로 맞아 주었습니다. 왜냐하면 장사도 잘 되었고 가는 곳마다 제가 어려운 교육대학에 합격한 것을 몹시 칭찬을 받아서 기분이 좋았던 것이지요.

　대학생활 1년째는 눈깜짝할 사이에 지나고 2년째부터는 아르바이트를 했습니다. 대학의 게시판에 각자의 희망을 적어서 붙여놓는 제도가 있어서 저도 『가정교사 자리를 원함』이라고 붙여 두었습니다. 교무과에서 연락이 와 알려준 집을 방문했습니다. 대학 근처에서 튀김집을 하고 있는 유복한 가정이었습니다.

　"안녕하세요. 저는 리 하나코라고 합니다. 일본에서 태어났습니다. 부모님은 조선 사람입니다."

"그래요. 조선 사람이라면 발음이 좋을 테니까 잘 됐네."

해서 그 자리에서 결정되어 자매 두 사람에게 영어를 가르치게 되었습니다. 그 날밤 저의 집에 연락해서

"이제부터는 매달의 생활비를 보내 주지 않아도 좋으니까…"

"왜"

"가정 교사 일자리를 찾았으니까…"

보고를 했습니다. 수업료는 연간 16000엔이고 2학년 끝날 무렵

"열심히 공부하니까 장학금을 받을 수 있도록 해줄게."

교무과의 배려가 있었습니다. 그 장학금은 나중에 갚아야 해야 한다는 조전과 졸업한 후 1년 간은 교원이 되어야 하는 조건이었습니다. 튀김집에서 가정교사를 하게 되자 생선이나 고구마 등 여러 가지 튀김을 공짜로 얻고 때로는 기숙사에 가져와 친구들과 함께 먹는 일도 많이 있었습니다. 한참 먹을 나이였기 때문에 아주 좋은 아르바이트였습니다.

자매는 중학 1학년과 중학 3학년으로 공부방에 들어가자 눈에 띄는 드문 물건을 칭찬하거나 또는 영어로 묻거나 해서 눈길을 자매와 같은 수준에 맞추어 가르쳤습니다. 그런 자세가 호감을 샀는지 자매는 저와 금방 친해져서 즐겁게

가르칠 수 있었습니다. 제가 쉬는 날은

"딸들이 선생님을 몹시 기다렸는데 유감스러워 했어요."

아이들 어머니의 말을 듣고 쉰 것을 너무 미안하다고 사과를 하지 않을 수 없었습니다. 아르바이트비도

"선생님이 너무 먼 곳에서 와서 고생하고 있구나."

특별히 매월 3천엔 정도 받았습니다.

다른 학생들은 다방이나 레스토랑에서 아르바이트를 하고 있었지만 다행히 저의 아르바이트는 돈을 꽤 많이 주었기 때문에 달리 아르바이트를 할 필요가 없었습니다.

2학년이 된 봄 교내 영어웅변대회가 있었습니다. 당시 진주군이 와 있었기 때문에 모자를 쓴 병사들이 휴가 때는 나라를 찾아 나라 공원을 산책하는 모습이 자주 눈에 띄었습니다. 그런 모습을 보고 평소 느낀 대로 『병대와 평화』라는 제목으로 영어로 말했습니다. 진주군 장군의 담화를 인용해서 미국에서 본 적도 없는 일본이라는 나라에 와서 여러 가지 고생하고 있는 모습을 조금 덧붙여 역시 전쟁은 안 된다. 평화가 중요하다고 매듭지었습니다. 심사원 미국 사람 교수님 2명도 포함되어 있었습니다. 4학년 남자 학생과 저의 작품이 최후까지 남고 미국 교수님 두 사람은 저를

"발음도 좋고 표현 방법도 유니크하고 재미있어."

1위로 뽑아 주셨다는 것이었지만

"4학년은 졸업하니 2학년은 아직 또 기회가 있으니까…"

한편의 평가가 많은 사람을 차지해 결국 저는 2위가 되고 말았습니다. 그렇다고 해도 2위이니까 큰 힘이 되었습니다. 그날 밤 니시 가즈코 선배들이 선두에 서서 축하 잔치를 해주었습니다. 기숙사 식당에 기숙사생이 다 모이고 기숙사에서 일하시는 아주머니 사감 게다가 영문과의 학부장도 축하하러 와 주셨습니다. 그 이후 일약 유명한 사람이 되어 교무과에 가도 얼굴을 기억해 주고 소중하게 해 주셨습니다. 그런 경우에 외국인의 이름은 외우기도 쉬어서 장점이 되었습니다.

'좀더 넓은 세계를 보고 싶다. 일본이라는 좁은 나라에서만 자신의 일생을 끝내고 싶지 않아. 그러기 위해서는 역시 영어를 더 많이 배워두어야 돼.'

하는 식으로 영어 교육과를 전공했습니다. 그 후 나라의 대에 진학했던 친구는 도중에 건강을 해쳐 의사 선생님이 되는 것을 단념하고 이과 선생님이 되었습니다. 니시 가즈코씨는 문학 소녀였으므로 여러 가지 가르침을 받았습니다. 그 영향도 있어 고등학교 시절에 이해하지 못했던 책을 다시 읽어보고

'어느 나이에 이르면 이해할 수 있게 되는 구나.'

깨달았습니다.

『젊은 베르테르의 슬픔』은 세 번 정도 읽었지만 남자가 사랑 때문에 우유부단하게 괴로워하는 줄거리를 따라가니

‘사랑이라는 게 이렇게 괴로운 것일까. 괴로우니까 앞으로는 좋을지도 모르겠구나.’

이해했습니다.

『퍼스트』를 읽고 나서 별세계 죽음의 세계이고 이 세상의 이야기와 다르게 느껴 어쩐지 영문을 모르는 어두운 세계에서 인간의 혼이라는 것의 두려움을 느꼈습니다. 『죄와 벌』도 세 번 정도 반복해서 읽었습니다. 라스콜리코프라는 주인공이 마지막에 살인을 하는 장면이 있지만 빈곤한 생활 속에서 자라난 저로서는 가난한 살인자의 심정을 잘 헤아릴 수 있었습니다. 그래서 니시 가즈코 선배한테 감상을 이야기한 적이 있었습니다.

“그 심정 충분히 이해할 수 있어. 나도 동감이야.”

“너 조금 위험한 부분이 있어.”

“그렇기는 하지만 이 세상의 모순, 빈부의 차 그런 것에 모순을 느끼면 주인공의 기분을 충분히 알 거라고 생각하는데…”

“그건 그렇지만 장신의 균형이 잡히지 않은 상황이기 때문에 너무 감동해 버리면 안 돼…”

이 『죄와 벌』은 결혼 후도 아이들 키우면서 되풀어 읽었기 때문에 5번 정도 읽었습니다. 게다가 영화도 몇 번인가 보았습니다. 세머셋 모음의 『인간의 고삐』도 흥미 있는 소재로 영어 공부를 겸해서 대역부랑 원서를 합해서 세 번 정도 읽었습니다. 많은 사람들과 만남을 통해서 대화의 소중함을 가르쳐 주었습니다. 의사이기도 한 모음의 소설은 그 외에도 『달과 6펜스』 등이 있고 영어시험 공부의 좋은 교재로서 인기가 있었습니다. 모음의 소설을 읽다보면

'이건 좀 이상한 것 같은데 정신이상이 아닐까.'

하고 느껴지는 부분이 많이 있었지만 보통 사람의 상식에서는 좀 동떨어진 이질적인 부분, 그런 부분을 마음 속에 느낀다. 느끼지 않는다. 그런 것에 구애받지 않고 그런 다른 부분을 가진 사람의 사고방식, 표현방식 등을 이해할 것 같았습니다. 그것은 일반적으로 생각하면 어딘가 이질적인 세계이므로 대부분의 사람은 순수하게 기뻐할 수 없는 부분이 있을지도 모르겠지만 자기 자신 『재일교포』이라는 것을 하나의 정점으로 생각해 왔지만 반면 하나의 단점이라고 생각하면 단점이 되었으므로 가슴 속 깊이 열등감이라고 할까, 뭔가 감정을 가지고 있는 인간을 소재로 하고 있는 모음의 소설에는 공감되는 부분이 있었습니다. 그 외에 오스카와일드 등도 원문으로 읽었습니다. 『전쟁과 평화』나 『폭풍의 언덕』, 『누구를 위하여 종은 울리나』 등에 마음을 설레였습니다. 그리고 그런 문예 작품의 영화도 가끔 보러 갔습니다. 영화를 보러 갔을 때는 기숙사의 폐문 시간이 10시까지는 돌아올 수 없을 것 같아서 옆방 친구에게

“나 오늘 늦을지도 모르니까 귤상자를 창문 아래에 놓아
줘. 열쇠도 열어 놓아줘…”

당부해 놓고 나갔습니다. 영화가 끝나고

‘내 청춘에 후회는 없다…’

감동하고 기숙사로 돌아와 준비해 둔 귤상자를 찾아 그
귤상자를 밟고 창문을 살짝 열고 들어갔습니다. 열쇠가 잠
겨 있을 때는 똑똑 두르리면 창문을 열어 주었습니다. 그
러면서도 몇 번이나 들켜서 기숙사 사감한테 혼난 적도 있
었습니다.

쉬는 날이 되면 기숙사의 친구들과 나라의 신사와 불각
이나 쇼소인(正倉隘)1)의 특별전등을 자주 보러 갔습니다.
토다이지(東大寺)의 보살상의 웅대함에 감격했습니다. 역
사 공부로 고대의 조선반도와의 교류에 대해서 조금 알게
되어 견직물 등의 유물을 보니 어머니가 가지고 있는 것들
과 어딘가 비슷한 느낌이 들었습니다.

“이것은 절대로 조선반도에서 온 것이야. 전쟁 때 빼앗
은 물건이 아닐까. 절대로 거저 손에 넣은 것이야.”

나도 모르게 큰 소리로 말하고 말았습니다. 저 혼자 묘
한 민족 의식에 사로 잡혀 불쑥 그런 발언을 하니 뭔가
나 혼자만 밀려난 기분을 느껴 마음 속으로

‘쓸데 없는 말을 하고 말았어…’

---

1) 나라시대의 건축물로 많은 미술 공예품이 간직 되어 있음.

자책감에 사로잡혔습니다. 아니나 다를까

'그럴 리 없어…'

홍이 깨지는 듯한 분위기가 감돌았습니다.

외부 사람이 기숙사에 있는 학생과 약속을 하려면 교무과를 통해야만 하는 데 그 교무과에서 2, 3번

"조선 학생 동맹에서 조선의 학생이 와 있는데 만나보겠어?"

라는 것이었습니다.

"아니오."

저는 제 일만으로도 벅차서 거절했습니다.

노하라(野原) 중학교

　봄방학 때에 권유를 받고 교토 마루야山(圓山)공원에 있는 야외 음악장에서 열린 차이코프스키의 연주회에 갔습니다. 우연히 옆자리에 남학생이 앉아 있었는데 연주회에서 감명 받은 악장의 감상 등을 물으며 말을 걸어왔습니다. 저도 그의 말에 끌려 가끔 맞장구를 치다보니 어느새

　"우리 집은 여기서 가까운 사교(乞京)구인데 우리 집 전화 번호를 써 놓을께요."

　메모지를 건네 주었습니다. 그 날은 그것으로 끝났습니다. 그 이후로는 연락도 하지 않고 있었는데 어느 날

　"봄방학 때 나라 쪽으로 갈 테니 만나지 않을래요?"

　기숙사에 전화가 걸려 왔습니다. 기숙생의 대부분은 봄방학이라 집에 돌아갔고 좀 심심한 때였는데 그와 만나 나

라 공원을 산책하였습니다. 그리고 헤어질 때

"당신의 생일이 3월 1일이죠. 자, 이거 생일 선물이예요. 차이코프스키의 비창이예요."

해서 레코드를 주었습니다. 그는 나보다 2, 3살 정도 위로 교토대학 문학부에 적을 두고 영어도 참 잘 했습니다. 저는 감격해 그 레코드만 듣고 있었기 때문에 자주 놀림을 받았습니다. 이것을 계기로 그와의 편지 왕래가 시작되고 교제도 시작되었습니다. 차이코프스키의 레코드는 그의 영향을 받아 자주 들었고 모차르트나 슈베르트도 참 좋았습니다. 다른 사람은 "운명…" 이라고 해서 그 방방방바아의 베토벤에 열중했지만 저는 왠지 베토벤을 좋아 할 수 없었습니다. 자기 주장이 너무 강해서 어딘가 자기를 닮은 부분이 있었다고 느낀 탓인지도 모르겠습니다.

그 후부터는 독서도 충분히 할 수 없을 정도로 바빠져서 아르바이트를 그만두었습니다. 신사와 절을 좋아하는 그의 안내로 낭젠지(南禪寺)나 상주상겐도(三十三間堂) 긴카구지(銀閣寺) 킨카구지(金閣寺) 야사카(八坂)신사 그리고 국립 미술관이나 박물관 마루야마공원 오카자키 공원 등을 뻔찔나게 다녔습니다. 눈이 펑펑 내리는 추운 겨울날의 상젠인(三干隆)도 무척 인상이 남아 있습니다. 그는 가는 곳마다 불상이나 불사의 훌륭함을 자세하게 설명해 주었습니다. 솔직히 말해 저는 불상에 그다지 흥미가 없었지만 그에게 이끌려 다니면서 흥미가 생겼다고 할 정도였습니다. 그런 불상이나 불상을 만드는 사람의 이야기를 들으면 그의 설명과는 반대로 백제나 신라 등에서의 도래문화에 틀림없다고 저는 저 나름대로 해석했습니다. 쿄도의 절들은 찾아다니다 보면 밤이 늦어 기숙사의 폐문 시간을 지나서 몰래 들어가는 일도 적지 않았습니다.

기숙사 친구와 몇번이나 가본 적이 있는 나라의 오쿠야마(奧山)에 그를 안내했습니다. 만요슈(万葉集)[1]에도 읊어져 있는 나라의 모쿠야마는 보통 걸음으로 4시간 정도 걸리지만 그 때의 길은 아직도 포장이 안 되었고 자동차도 지나갈 수 없는 좁은 자갈길이었습니다. 그 만큼 정서가 있는 길이고 특히 저녁때는 사슴들이 여기저기 뛰어다니고 다람쥐도 나무 사이를 건너다니고 있고 그런 모습이 석양에 비쳐 뭐라 말할 수 없는 멋있는 풍경이었습니다. 지금까지 보아왔던 많은 영화의 장면이 눈에 선해져 마치 제가 하나의 그림 속에 있는 것처럼 느껴져

'아아, 이렇게 멋있는 그림 속에 내가 있구나. 정말로 내 청춘에 후회는 없다.'

온 몸으로 느껴 도취했습니다. 다라의 오쿠야마는 청춘을 충분히 맛보게 해준 저의 마음에 든 코스였습니다. 카수가타이샤(春日大礼)에서 오쿠야마 쪽으로 죽 동롱이 계

---

1) 일본에서 가장 오래된 시가집(20권, 촉 시대 말엽에 이루어짐).

속 되고 와카쿠사(若草)산에서 미카사(三笠)산으로 빠져나
가면 나라현과 교토부의 경계 근처로 7, 8시간이나 걸었지
만 그와 같이 한 산책은 특별한 기분으로 조금도 힘들지
않았습니다.

졸업 직전의 그는

"결혼해 줘."

라고 신청해왔지만, 부모님은 일본 사람과의 결혼에 반
대이고

"국제 결혼은 절대로 안돼."

아버지는 혼을 내셨습니다. 아버지는 장사 관계로 일본
사람과 친하게 지내고 있었지만 깊은 마음 속에는 돌아가
실 때까지 일본 사람을 까닭없이 싫어하셨습니다. 왜냐하
면 조국에 있었을 때 영암군에서 공무원을 하고 계셨던 자
신의 할아버지가 일본 군인에게 끌려가서 나무에 매어 달
려 총검으로 죽음 당한 것을 눈앞에서 보았기 때문이었습
니다. 무슨 일이 있을 때마다 그 장면을 생각 내면서

"일본 사람은 용서할 수 없어…"

증오를 노골적으로 드러내곤 했습니다. 자신의 가장을
엉망으로 만든 원인도 크게 있었을까요. 저도 모르는 사이
에 그럼 아버지의 감화를 받은 탓인지 국제 결혼에 대한
죄악감과 같은 것을 느끼고 있었습니다. 저는 결혼보다는
취직이 시급하고 또 중요한 문제였습니다. 그도 고등학교

선생님이 되고 매일 몹시 바빠서 좀처럼 만날 수도 없었습니다. 제가 결혼해서 아이가 한 명 생겼을 때 갑자기

"폐결핵으로 병원에 입원했어."

라는 전화가 있었지만 그대로 못 올 길을 떠났습니다.

대학 생활도 마지막으로 교생이라는 실습 과목이 있는데 일주일 동안 나라시내의 사호(�5保)소학교에 가서 가르쳤습니다. 가르친 것은 영어가 아니라 국어였습니다. 실습을 끝낸 후

"사호소학교의 교장 선생님이 무척 마음에 드셨는지 리 선생님을 자기네 학교에 와서 가르치게 해달라고 하던데 리 선생님 마음은 어떻습니까?"

라는 타진이 있었지만 저는 영어를 활용하고 싶다고 생각해 중학교의 영어 선생 자리와 집에서 가까운 학교를 희망하였으므로 그 이야기를 거절했습니다.

고죠시의 노하라중학교에서 교원 1명 보충 모집이 있어서 도시야(同[illegible]社)대학을 졸업한 일본 사람과 외국인인 나하고 2명이 응모했습니다. 그때

"사람이 겹치고 있으니까 다른 학교에 응모해 줘."

라고 권했습니다.

"집 근처를 원하니까 그럴 수는 없어요."

라고 단호히 거절했습니다. 그런데 어느 사람은 채용할까로 교육위원회에서 의견이 갈라졌습니다. 위원회의 대부

분이 도시샤 출신 사람을 추천했고 한 사람의 유력자가 나를 추천했는데

"두 사람 평등하게 시험을 쳐서 정하는 게 어때요."

라는 의견이 있었습니다. 결과는 제가 채용되었습니다. 채용이 결정된 후 교육위원회에서 사람과 고죠 시장님이 오셔서

"리씨는 국적이 다르니까 교사라는 지위를 줄 수 없지만 월급면에 있어서는 시의 보조도 있고 교사와 같은 월급을 낼 수 있도록 할 테니까 강사라는 직함으로 열심히 해 주시지 않겠습니까?"

간청을 하는 것이었습니다. 저는 황송한 마음으로

"네, 열심히 하겠습니다."

대답하고 고죠시의 노하라 중학교에 영어 선생님으로 봉직하게 되었습니다. 그러나 그 때는

'월급이 같으면 괜찮지…'

생각해 대답한 것이었는데 왠지 석연치 않는 일이었습니다. 교사로 채용되어도 괜찮을 텐데 왜 강사여야 할까. 생각하면 할수록 외국 사람이라는 이유로 차별을 느꼈습니다. 저는 사회에 나와 처음으로 역연한 차별을 느꼈습니다. 생각해 보니 어머니는 자주 달을 보면서 울며 "돌아가고 싶다" 라든가 "데려가 줘" 라고 중얼거리면서 탄식을 하곤 했지만 그 때의 어머니의 마음을 알 것 같았습니다. 부모

님은

"일하는 곳은 집 근처가 아니면 안된다."

하셨으니 고조의 노하라중학교에 취직이 되어 정말 다행이었습니다.

'이제부터는 부모님께 효도 할 수 있겠구나…'

생각했습니다. 대학에서 공부한 덕분에 지금까지의 인생관이 변했고 세계관이 넓어지는 것 같아서 왠지 자신감이 넘치는 기분이었습니다. 한국에 대한 공부는 그다지 하지 않았지만 자기가 한국 사람이라도 또 양친이 한국 사람이라도 아무 이유 없이 스스로 자기를 낮출 필요는 없습니다. 그래서 자존심과 긍지를 갖게 되었습니다.

아버지와 함께 오사카에 갔습니다. 친척집으로 졸업과 취직된 것을 겸해서 인사하러 갔지만 가는 곳마다

"우리 딸은 대학을 나와서 교사가 됐어…"

저를 자랑하기 위해 데리고 다니는 것 같았습니다. 그리고

"여기는 우리 친척 되는 집이야."

라는 집에 들어갔습니다. 아버지와 함께 그 집에서 며칠 간 머물게 되었습니다. 그 집은 이쿠노(生野)구의 오오이케(大沖)다리 근처였다고 기억하고 있지만 늘어선 집이 한국 사람 집이었습니다. 한국 사람이 없는 시골에 살고 있었기 때문에 밤늦게까지 술을 마시며 어슬렁거리는 사람, 소리 지르는 사람, 싸움까지 하는 사람이 있고 그런 이쿠

노 거리의 활기참은 처음 눈에 띈 광경이었습니다. 호기심이 왕성한 저는 혐오감 보다 흥미가 앞섰습니다. 그런 저의 성격을 안 어머니는

"너는 좀 색다른 데가 있는 아이야. 화를 내야 할 때 웃고, 웃어야 할 때 입을 다물어 이상해."

자주 말씀하셨습니다. 지금에 와서 생각해 보면 이쿠노에서 본 사람들의 행동은 억압을 받은 사람들의 발산의 일종이었는지도 모르겠습니다.

별로 마음에 두지 않았지만 그 집에는 저보다 몇 살인가 위인 잘 생긴 나들이 있었습니다. 저는 중학교 교사로 내정되어 있었지만 본심은 교사가 되기보다는 영어를 충분하게 활용할 수 있는 무역 회사에 근무하고 싶은 생각이 있었기 때문에

'지금 여기까지 온 것이 진스야.'

뜻이 혼마찌(手町)쪽으로 가서 무역회사를 찾아 무조건 들어갔습니다. 그 회사는 인도계의 무역 회사인데

"사장 비서로 일하세요."

즉석에서 결정되었지만 잠시 생각한 끝에 그 무역 회사에 취직하는 것은 그만두기로 했습니다.

그 집에 작별 인사를 할 때 아버지께서

"이 집은 우리와 친척뻘 되는 집이야."

"그래요."

저는 아버지의 말하시는 뜻을 몰라서 그냥 가볍게 흘려버렸습니다.

강사로 영어 수업을 하기 시작했습니다. 제 집이 와다(知田)에 있었으니 고죠의 노하라 중학교에는 버스로 다녔습니다. 소요 시간은 15분 내지 20분 정도였습니다. 3학년을 담당하게 되었지만 다른 선생님이 결근할 때도

"그럼 제가 대신 하겠습니다."

스스로 다른 선생님의 수업을 해주곤 하였습니다.

"자 시작할까요."

라는 식으로 일본말부터 영어 공부, 교과서 읽기 중심의 수업이었지만 저는

"굿 모닝, 에브리 바디."

영어로 시작해서 영어로 질문하고 학생들에게 말하게 하는 것을 중시했기 때문에 언제부터인가

"리 선생님은 참 잘 가르쳐요."

평판이 나서 학생들도 저를 좋아하는 것 같았습니다. 그런 학생들과 접하는 것이 즐거워서 매일 충실한 생활이었습니다. 그 당시는 아버지의 장사가 순조롭게 잘 되어 어머니는 밖에서 하시던 일을 그만두시고 집에서 주문 받은 재봉 일등을 하며 마음 편하게 지내셨습니다. 제가 중학교 선생님을 하고 있는 것이 부모님에 대한 마을 사람들의 평가도 더할 나위 없이 좋았습니다.

민족

그러는 사이 와다에 있는 집의 등기명인가

"한국인, 조선인은 등록할 수 없다."

라는 것으로 변경을 할 수 없어서 그대로 되어 있는 것
을 알게 되었습니다. 관공서에서는

"외국인에게 등기를· 해준 전례가 없어요."

거절을 했습니다.

제가 대학에 입학할 때에 산 집이었습니다. 부모님이 글
자에 대해서 자신이 거의 없다는 탓도 있었지만 순종한 성
격의 부모님이었으므로 다른 사람이 말하는 4년 이상이나
방치해 두었던 것이었습니다. 저는 민단, 정식명은 제일대
한민국거류민단이라는 제일 한국인의 권익을 보호하는 단
체가 있다는 것을 알고 있었으니 오사카 본부에 전화를 걸

었습니다.

"니시요시노에 살고 있는 사람이지만 집 등기가 되어 있지 않아서 곤란에 처해 있습니다. 한국 사람의 경우에는 등기할 수 없을까요?"

"그런 것은 나는 잘 모르겠으니까 알고 있는 사람을 바꿀 테니까…"

다른 남자를 바꿔 주었습니다.

"무슨 일입니까? 나는 경리나 세무관계의 일을 담당하고 있는 사람입니다만…"

등기에 대해서 묻자

"외국인이라도 등기는 할 수 있는 권리가 있습니다. 법률로 그렇게 되어 있습니다. 일본인의 A씨로부터 한국인의 B씨가 토지를 사면…"

구체적으로 설명해 주었지만 법률에 약한 저는 머리가 복잡해져서

"전화로는 뭐가 어떻게 되는지 잘 모르겠어요"

하자

"할 수 없군요. 그렇다면 내일이라도 민단본부로 오세요."

"어느 분을 찾아가면 될까요."

"나는 변기주입니다. 나를 찾아오면 됩니다."

그렇게 해서 다음 날 당장 오사카에 있는 민단본부를 찾

아잤습니다. 과연 민족적인 분위기가 느껴져

'저는 산속에서 같은 민족 사람하고 만난 적이 없었는데 이런 민단이라는 곳에는 이렇게 많은 사람이 있구나.'

하고 감격해서 마음이 무근해지는 것을 느꼈습니다.

"변기주라는 분 계십니까?"

하자 키가 작고 얼굴이 검고 안짱다리를 한 사람이 걸어와서 눈 앞에 나타났습니다. 저보다 상당히 나이가 많게 느껴졌지만 정열적이고 용모도 좋아 보였습니다.

'굉장히 잘 생긴 사람도 있구나.'

눈을 크게 떴습니다. 말하자면 첫눈에 반했습니다. 한국 남성이라는 것을 느낀 것은 아버지 이외에 이 사람이 처음이었습니다. 중학교 영어 교사를 한 지 1년 학생들을 가르치는 기쁨과는 정반대로 일본인 사회 속에 존재하는 한국인에 대한 심한 차별에 비애를 맛보는 나날을 보내고 있었기 때문에 무의식 중에 제가 정식적으로 의지할 수 있는 무엇인가를 구하고 있었던 것인지도 모르겠습니다. 바꿔 말하면 만족 그 자체에 애타게 그려 어리광을 부리고 싶었는지도 모릅니다.

"한국 사람이라서 등기는 할 수 있으므로… 고죠에 재판소가 있으니까 그 곳에 가서 수속을 하면 잘 될 테니까…"

라고 변기주가 법률적으로 여러 가지 설명해 주었습니다. 그래서 다음날 가르쳐준 대로 고죠 재판소에 가서 수

속을 하려고 하니 담당자가 이러쿵저러쿵 하면서 결국 등기를 할 수 없었습니다. 이 일을 다시 변기주에게 전화로 이야기하자

"그렇다면 할 수 없군. 내가 한 번 그 곳에 가보죠."

이야기가 되었습니다. 며칠 후 고죠역 앞에서 변기주를 만나기로 해서 함께 재판소로 갔습니다. 그 곳에서 담당자와 장시간 서로 이야기하더니 갑자기 변기주가

"너희들 뭐야 뭘 다 안다고 말하는 거야. 법률적으로 이렇게 되어 있는데 왜 할 수 없는 거야. 오사카에서는 다할 수 있는데 어째서 이곳에서는 안 되는 거야. 여기도 같은 일본이 아닌가? 큰소리로 담당자를 꾸짖었습니다. 저는 깜짝 놀라 무서워서 구석에 쭈그려 앉고 말았습니다. 변기주의 바른 소리에 담당자도 깜짝 놀라

"네, 알았습니다."

그 날 그 자리에서 등기를 해주었습니다. 그 때 저는 등기에 필요한 인지대금도 가지고 있지 않았지만 그것도 변기주가 대신 내 주었습니다.

'이 남자 좋은 남자야. 의지가 되는데.'

황홀해졌습니다. 그 때 변 기주는 『무라이(孖口)회계 사무소』라는 명함을 가지고 일을 하고 있었습니다. 집으로 안내해서

"민단에 계신 분인데 이 분이 가시니까 재판소도 쩔쩔매

고 단 한 번에 말을 들어 줘서 등기를 할 수 있었어."

부모님께 이야기하자

"한국 사람 중에서도 훌륭한 사람이 있네."

"변호사 같은 일을 하고 있네."

기뻐하며 변기주를 정중하게 대접했습니다. 그 후 소문이 소문을 가져와 온 마을에 퍼지더니 어느새 계리사가 변호사로 변해 버렸습니다. 며칠 후 저는 변기주에게 정중하게 감사의 편지를 썼습니다. 그러자 답장이 왔고

"좀 할 이야기가 있으니 한 번 만나고 싶습니다. 토요일이나 일요일이라도 괜찮으니까 당신의 쉬는 날에 오사카까지 와 주면 좋겠는데요…"

라는 것이었습니다. 그 때 마침 대학시절 친구한테서

"이치카와 단쥬로(市三団丁郎)[1]의 표가 있는데 가지 않을래요?"

권유를 받았기 때문에 카부키자(歌舞伎座)[2]에 가는 김에 변 기주의 이야기도 듣기로 했습니다.

"카부키를 보러 오사카에 다녀오겠습니다."

부모님에게도 좋은 평계가 될 수 있었고 저 자신도 오래전부터 카부키는 한 번 보고 싶다고 생각하고 있었습니다. 이치카와 단쥬로의 공연이 끝나고 4시 지나서 카부키자 앞

---

1) 카부기 배우
2) 에도(江戶)시대에 방생·발달한 일본 고유의 무용극, 카부기자…무용극을 보는 극장

에서 변기주와 만났습니다. 변기주도 회계사 사무소의 동료를 한 명 데리고 와 있었지만 그 동료는

"그럼 저는 여기서…"

가버려 제 친구도

"물건 좀 살 것이 있으니까 둘이서 얘기해…"

눈치껏 가버렸습니다. 변기주는

"좀 다방이라도 들어가서 이야기합시다."

라고 했습니다. 시기는 봄방학이고 3월 말 이었습니다. 우선 변기주에게 고맙다고 인사를 했습니다. 변기주는 법률 이야기를 하고 있었습니다.

저는 화제를 바꿔서

"취미는 뭐예요?"

"취미는 별로 없습니다."

라고 쌀쌀 맞은 대답이었습니다. 저는 내 청춘에 후회가 없도록 하려고 그림, 독서, 여행 등등 취미를 많이 갖고 있었지만

"나는 지금 대한 청년단 단장을 맡고 있어서 모두를 지도해야 합니다. 그런 일을 하고 있습니다."

그래서 취미 등에 빼앗길 시간은 없다고 말하면서 청년단의 일이나 민족운동에 관한 화제로 끝이 없었습니다.

"아이는 몇 사람 있어요?"

"아니, 나는 결혼 안 했습니다. 결혼 안했는데 아이가 있

을 리가 없지요.”

“아아, 그래요. 그러면 나이는 어떻게 됐어요?”

“35살…”

그 때 저는 23살이었으니까 12살 위였습니다.

‘35살이 되도록 결혼도 하지 않고 좀 이상하네.’

생각했습니다. 변기주는 싫어하는 타입는 아니었으나 결혼 상대로는 조금도 생각하지 않았습니다. 그러나 변기주의 태도에는 저를 귀엽게 여기고 있는 모습이 역력히 보였습니다. 틈틈히 여러 가지 하찮은 일을 서로 이야기하는 동안 눈깜짝할 사이에 2시간이나 지나고 말았습니다. 변기주와 헤어져 8시 전에 친구와 다시 만나 마지막 전차로 집으로 돌아왔습니다. 고죠에 도착하니 10시쯤이고 와다에 가는 버스는 벌써 없어져 할 수 없이 친구 집에서 신세를 졌습니다. 한동안 지나고 또 변기주에게서 연락이 와 오사카에 볼일을 볼 겸해서 만났는데 민단 오사카 본부 건물 안에 있던 대한 청년단의 사무소에 안내를 받았습니다. 몹시 힘센 청년이 가끔 출입하고 있는 것을 보니 민족의 숨결을 느꼈습니다.

‘이런 일을 하면서 열심히 살고 있구나. 한국 사람은 한 사람 한 사람의 힘이 약하니까 모두들 이렇게 모여서 의식을 높이고 운동을 하고 있구나. 운동은 역시 사람이 많은 것이 좋으니까 이런 것도 필요하겠구나.’

변기주가 더욱 훌륭하게 보였습니다.

그 후에도 변기주로부터 자주 연락이 있었지만 학교도 시작하고 수업에 쫓겨 바쁜 나날이 계속 되어

"가지 못해요. 죄송해요."

거절했습니다. 그러자 어느 날 변기주가 저의 집으로 찾아와서 부모님께

"따님을 저에게 주십시오."

결혼 신청을 하였습니다. 카부지자 앞에서 만난 지 3, 4개월 후의 일로 부모님은

"벌써 정한 사람이 있으니까 안 돼요."

라고 거절했습니다. 변기주가 돌아간 후

"정한 사람이라니 누구야?"

"사실은 네게는 이미 약혼자가 있었던 거야."

"누구야."

"대학을 졸업했을 때 아버지와 함께 오사카에 가서 묵은 적이 있는 집의 아들이야."

"네, 그 집 아들…"

저는 그런 줄은 조금도 모르고 벌린 입이 닫히지 않아 물으니 같은 전라도 출신인데 제가 어렸을 때부터

"친척이 되자."

라는 것으로 그 사람의 아들과 제가 아버지들 사이에서 정한 결혼 상대자의 관계가 되어 있는 것이었습니다.

"그러니까 그 남자하고 가까이 지내서는 안 된다. 그 남자는 보기보다 나이가 꽤 많고 보통 남자가 아니야. 여자 1, 2명은 있는 남자야. 그런 남자니까 절대로 가까이 하지 마라."

라고 엄하게 다짐을 하셨습니다. 제가 변기주를 사랑스럽게 여기고 있는 것을 어머니는 꿰뚫어본 것 같았습니다. 그러나 부모님의 마음에 거스를 것처럼 주말이 되면 변기주가 오사카에서 육법전서(六法全書)를 여봐란 듯이 옆구리에 끼고

"따님을 주십시오."

라고 저의 집에 오게 되었습니다. 찾아온 사람을 매정하고 무자비하게 내쫓을 수도 없었습니다. 때로는 하룻밤 자고 가겠다고도 했지만 부모님은

"절대로 안 돼."

하셨으므로 언제나 마지막 기차로 돌아갔습니다. 어머니는

"저런 남자는 겉치레만으로는 안 돼…"

그런 일이 있을 때마다 저를 타이르셨습니다. 놀랍게도 그런 상태가 1년이나 계속 되었습니다. 그러는 사이에 역시 여러 가지 일이 생겼습니다. 어느 날 늦어서 최종기차를 탈 수 없게 되자

"처마 밑에라도 좋으니까 재워 주세요."

애원에 오두막집에서 재운 적도 있었습니다. 어느 날 아

버지가 변기주의 끈덕진 말씨에

"톱으로 목을 자르고 말 거야."

화를 내시며 톱을 찾으러 간 틈에

"도망치세요."

놓아 준 적도 있었습니다. 또 어느 날에는

"왜 이렇게 끈질긴가."

라고 어머니께 뺨을 얻어맞은 적도 있었습니다. 저는 어렸을 때부터 부모님의 말씀을 듣지 않으면 안 된다고 교육을 받았기 때문에 부모님의 완강한 반대에 체념할 속셈이었지만 맞아도 무슨 말을 들어도 주말이 되면 어김없이 오는 변기주가 애처로워서 몇 번인가 부모님께 울면서 설득했습니다. 친구에게 고민을 털어놓자

"그건 사랑이야. 사랑하고 있는 거야. 너 그렇게 사랑하는 걸 광명이라고 생각해야 해. 그런 사람이 세상에 좀처럼 없어 어지간히 궁합이 맞는가 보다."

오히려 불을 붙게 하였습니다.

"그 남자가 결혼한 사실이 있는지 없는지 믿을 수 없으니까 호적등본을 가지고 오도록 해봐."

부모님 말씀에 저는 변기주에게 호적등본을 가져오라고 했습니다. 호적등본을 받아 보니 결혼한 증거가 없는 미혼의 깨끗한 것이었습니다. 며칠 후에 변기주가 아마가사키(尼崎)에 살고 계신 아버지를 모시고 왔습니다. 연세가 꽤

드셔서 걸음걸이가 위태로웠지만 보기만 해도 사람이 좋게 느꼈습니다. 그런 아버지를 일부러 아노우의 시골까지 모시고 와서

"우리 아들에게 당신 딸을 주십시오."

라고 말하게 했습니다. 저희 부모님은 양심에 찔린 듯이

"저런 분의 아들이라면 속이지 않겠지, 아껴 주겠지, 뭐 어쩔 수 없군."

드디어 타협하고 말았습니다. 저희 부모님이 뭐라고 해도 변기주의 보통 사람과 다른 근성에는 두손 들고 말았습니다. 그렇다고는 하지만 아버지는 결혼식 날까지 투덜투덜 불만이었습니다. 결혼식을 올릴 때까지는 우여곡절이 있었습니다. 허락했음에도 불구하고 저희 아버지가 일방적으로 파기하고 말았습니다. 그런 것을 알게 된 변기주는 자살 미수를 해 약혼자 아버지에게서

"하나코, 우리 아들 죽일 셈인가."

몹시 화를 내셨습니다. 저도 자살하고 싶을 정도로 여러 가지 괴로웠습니다. 결국 4월 12일 오사카 아베노(阿倍野)의 토카이(東海)클럽에서 결혼식을 올렸습니다. 저는 처음으로 한복을 입었고 주례는 코베에서 오신 신부였습니다.

결혼이 결정되어

"그만 두겠습니다." 학교에 사표를 내니까 교장 선생님도 교감 선생님도 몹시 놀라시며 필사적으로 만류하셨지만,

“오사카에서 살게 되어서 여기까지 근무하기가 어려워
요.”

뿌리치는 수밖에 없었습니다. 새 살림은 남바(難汲)에
있는 아파트였고 다다미 세장의 방 한칸이었습니다. 두 사
람이 겨우 잘 정도였습니다. 결혼하기 전에

“집은 어떤…”

하고 물어 보자

“그럼 보러 갈까.”

라는 이야기가 되어 남바에 갔습니다.

“이 집이야.”

“그럼 안으로 들어가 볼까.”

“그래 자.”

열쇠를 열었습니다. 다다미 여섯 장의 방이 2 개로 신혼
에는 아주 안성맞춤인 구조였습니다. 그러나 사실을 알고
보니 그 집은 아는 사람의 집인데 급히 빌렸던 모양이었습
니다. 그 때문에 신혼 첫 날부터 큰 싸움을 했습니다. 어
머니가 자주

“너는 어딘가 멍청한 데가 있으니까 정신 바짝 차려야
해. 다른 사람이 하는 말을 다 믿어 사람이 좋은 것도 바
보 같은 거야.”

라고 주의를 받았지만 그런 점은 죽도록 사랑해서 한 결
혼이니까 화해도 빠르고 저는 참고 견뎌 그 다다미 셋장의

방에 자리 잡았습니다. 부엌과 화장실은 공동이고 물론 욕실도 없어서 공중 목욕탕에 갔습니다. 다다미 셋 장의 방 한칸이라고 해도 결혼 생활은 하늘에 올라가는 기분이었습니다. 저는 산뜻한 분홍색의 한복이 마음에 들어 입고 나가면 이웃 사람들이 모두 반겨주며

"정말 잘 어울리네. 예쁜 부인이야."

높이 칭찬해 주고 어떤 남자는

"저런 귀여운 아내라면 탐나는데."

겉치레 인사를 해 주었습니다. 저는 더욱 더 한복이 마음에 들어 한국인인 것을 자랑스럽게 생각하며 별로 특별한 일도 없으면서도 가슴을 펴고 남바역까지 왔다갔다하면서 매일 한복만 입고 지냈습니다. 노란색 한복도 있었는데 둘다 어머니가 만들어주셨습니다. 게다가 산뜻한 비단 이불도 만들어 주셔서 그 비단 이불을 볼 때마다

"한국에서는 아무리 가난해도 시집갈 때는 비단 이불을 가지고 가는 것이야."

어머니의 말씀이 떠올라

"역시 한국문화가 최고야."

새삼스럽게 우리나라가 자랑스러움을 느꼈습니다.

조 국

　아버지와 어머니가 성묘하러 한국에 갈 때 저도 함께 따라갔습니다. 아버지와 어머니는 전후 처음 가는 것이었습니다. 저도 오래 전부터 자신의 조상을 한번 찾아가 보고 싶다고 생각하고 있어서 기대와 불안이 교차되는 첫 방문이었습니다. 다른 말로 바꿔 말하면 남편 없는 신혼 여행이라고 할까요. 아버지의 고향은 전라남도 영암이고 일본에 한자를 전했다고 하는 왕인박사와 관계가 있는 곳이었습니다. 20년만에 방문하는 고향이기 때문에 친족을 찾는 것도 무척 힘들었습니다. 조선동란으로 피난을 가서 원래의 주소지에는 아무도 없었고 조회한 주소로 헤매고 헤맨 끝에 겨우 찾았을 때는 벌써 날이 저물어 있었습니다.
　"여기야, 겨우 찾았다."

안도 한 것도 한순간 부모님과 친척들은

"아이고, 아이고."

비명에 가까운 소리를 내며 울부짖고 끌어안으며 눈물을 흘리면서 그동안의 고생을 서로 위로해주며 재회의 기쁨을 음미하고 있었습니다. 재회의 의식이 끝난 틈을 보아 제일 먼저 화장실에 안내해 주었습니다.

"여기야."

말하는 곳에는 통나무 2자루 20~30cm정도의 간격을 두고 다리처럼 걸쳐져 있었고 통나무를 건너가 거적으로 두른 곳이 있었는데 거기에도 통나무가 20~30cm 간격으로 놓여져 있었습니다. 어떻게 해야 할지 몰라 망설이니까는

"그 통나무에 낮아서 하는 거야."

가르쳐 주었습니다. 저는

"네, 에?"

깜짝 놀랐지만 어찌할 도리가 없었습니다. 게다가 좀 어두워

'헛디뎌서 빠지면 어떻게 되는 건가.'

조심조심 볼일 보려고 했지만 놀랍게도 이번에는 밑에서 으르렁 으르렁 하며 동물이 으르렁거렸습니다. 저는 너무 놀라서 볼일도 볼 수 없었고 뛰어나오고 말았습니다. 그리고 무척 당황하여

"뭐 뭔가가 있어, 사잔가 뭔가."

어머니는 비롯해 모두가 껄껄 웃기 시작했습니다.

"그건 돼지야."

라는 것이었습니다. 다음 날 아침 일어나 확인 해 보니 틀림없이 돼지가 10마리 정도 얼렁거리고 있었습니다.

"왜, 돼지가 화장실 안에 있는 거예요?"

"사람의 똥을 돼지가 먹는 것이야."

"네, 그런 돼지를 사람이 먹는단 말이에요?"

'어머나, 불결해. 일본하고는 좀 다르네.'

놀라고 말했지만, 그 하나의 대발견에 대해 냉정히 생각해 보니 자연의 법칙에 맞는 리사이클이라고 생각했습니다.

아버지의 형제들은 모두 돌아가셨고 그 집은 아버지의 조카 집인데 농업을 하고 계셨습니다. 3일 정도 머물고 친척집을 나왔지만 가난한 집도 있으며 유복하고 넉넉한 살림살이를 하는 집도 있었습니다.

다음은 어머니의 고향 나주를 찾아갔습니다. 같은 전라남도로 영암보다 남쪽에 위치하고 있었습니다. 나주는 어머니의 성인 나씨 일족의 마을로 거의 모두 사람이 나씨 성을 칭하고 있었습니다.

친척 모두가 모여들었습니다. 어머니의 삼촌이나 사촌은 물론이고 옛날 어머니 집에서 일하고 있었던 사람의 2대째라던가 3대째까지도 온 모양으로 전부 5, 60명의 사람이 모였습니다. 그리고 우리들을 상석에 앉게 하고 장로인 듯한 분의 지시대로 유교식의 배례를 해 주었고 받들어 주었습니다. 정로로 생각되는 분은 머리를 길게 기르고 긴 담뱃대를 가지고 흰 바지저고리를 입으시고 머리에는 관을 쓰시고 허리를 곧게 펴시고 위엄 있게 앉아 계셨습니다. 마치 임금님 같은 위엄이었습니다. 어머니에게 살짝 물어 보니

"너의 할아버지의 동생이 되는 분이야. 양반의 집안은 모두 저런 모습을 하는 거야. 저 분은 농사도 아무것도 하지 않고 남에게 시키기만 한단다."

라고 가르쳐 주었습니다. 이어서

"누구라도 일을 잘 하지 않으면 안되는데 작은 아버지만은 옛날 그대로의 생활 양식을 하시고 일도 하지 않고 모두에게 시키고 소작료로 바치는 쌀을 가져오라고 해서 들고 온 것이 적으면 잔소리 하시는 등 제일 까다로운 분이야. 어머니의 아버지도 말이 꽤 많으셨던 분이었지만 그 다음으로 말이 많은 분이 저 작은 아버지야. 어머니의 아버지가 돌아가셨을 때는 모두를 기뻐했었대. 아~말 많은 분이 돌아가셨다고 해서…"

요컨대 지주이기도 하고 의사이기도 했던 어머니의 아버지인 저의 할아버지는 어쨌든 완고하셨지만 사람을 잘 돌보아 주시고 그 작은 아버지도 할아버지 못지 않게 완고하면서도 사람을 잘 돌아 주셨다는 것입니다.

　　결혼한 지 4, 5개월 후 아이가 생기기를 학수고대하는 남편이

"아이는 아직 멀었어?"

재촉했습니다.

"당신이 어디 나쁜 거 아니예요."

"아니야, 네가 나쁜 거야."

"그렇다면 한 번 의사 선생님께 상담하러 가자."

라는 이야기가 되어 둘이서 가까운 병원에 갔습니다.

"내일 정자를 가지고 오세요."

해서 다음 날 아침 정자를 가지고 산부인과로 달려갔습니다. 그리고 현미경으로 들여다보며

"정자가 힘이 없군요. 힘이 없어서 여성의 난자까지 도착하는 게 힘들어요. 그러니까 좀더 영양이 있는 쇠의 간이라든가 그런 것을 드세요. 부인은 아무런 이상이 없어요. 정상입니다."

라는 진단이었습니다.

"그것 보세요. 당신이 나쁜 거지요."

했지만 1개월 후에 몸의 컨디션이 나빠져

'입원하지 않으면 안 되겠구나.'

생각하면서 진찰을 받아보니

"임신입니다."

라는 것이었습니다. 몸의 컨디션이 안 좋았던 것은 입덧

때문이었던 것입니다.

"아이가 태어나면 좀더 큰집을 빌리지 않으면 안 되겠네."

해서 방이 두 칸 있는 집을 빌렸습니다.

그 해 11월의 일이었습니다. 아기를 안은 여성이 찾아와 몹시 난폭한 말투로

"있어?"

물었습니다. 저는 울컥해

"있어라니, 누구 말이에요?"

"당신 남편 말이야."

"저의 남편은 여기 없어. 잠깐 어딘가에 나갔습니다."

"어디에 갔는지 몰라?"

"……"

"그렇다면 돌아올 때까지 여기서 기다려야겠어."

"당신 누구세요?"

"이 아이의 아버지는 당신 남편이야."

깜짝 놀라고 말았습니다.

"뭐라고요? 거짓말하지 말아요. 결혼도 하지 않았는데 왜 그런 일이…"

"결혼했어도 하지 않았어도 이건 사실이야."

저는 놀라서 어떻게 할 바를 몰라

'이건 정말 이혼이야.'

그렇지 않아도 낡은 고기에

누가 먹이를 주는가 하는 식으로 결혼 후 남편한테서 생활비를 받은 적도 없었습니다. 재산도 꽤 있는 체 했지만 실제로는 무일푼으로 신혼여행도 가지 않았습니다. 정말 빈주먹의 남자였습니다. 전부 주부에게 있어서 이것처럼 괴로운 것은 없었습니다.

다행히 제가 교육대학을 나와 영어를 할 줄 안다는 것을 알게 된 이웃 사람의 소개로 번역 일을 시작했습니다. 당시 남바에는 진주군인 미국 병사들이 자주 놀러 와서 접객업을 하는 여성들과 사랑하는 사이가 되는 경우도 적지 않았습니다. 그리고 임무를 마치고 귀국한 미국 병사한테서 러브레터를 받는 여성도 많아서 그런 여성에게서 부탁을 받아 영문의 러브레터를 번역하기도 하고 또는 영문으로 답장을 써주기도 하였던 것입니다.

그런 저의 고생을 아는지 모르는지 남편은 청년 운동에 밤낮으로 몰두하는 생활이었습니다. 재일 한국인 사회는 한국계의 민단과 북 조선계의 초련이 사투를 걸고 싸우고 있었던 시대여서 그 당시는 총련계의 힘이 민단계를 훨씬 웃돌고 있었습니다. 민단계의 대한 청년단을 적을 둔 남편은 그런 열세 속에서 목숨을 걸고 싸우고 있었는데 저에게 있어서는 동족간의 싸움도 몹시 마음이 아팠지만 그 이전에 남편으로서의 책임을 다 해 주길 원했던 것입니다. 저의 집 생활을 돌보려는 기미는 전혀 없고 돌아오지 않는 날도 자주 있었습니다. 그러한 속에 갑자기 이상한 여자가 나타났으니 쌓이고 쌓였던 욕구불만이 한꺼번에 터지고 말았습니다.

'정말 이혼이야.'

라고 정한 저는

"그런 건 걱정하지 않아도 당신에게 줄 테니까 당신한테 돌려줄 테니 그렇게 화내지 않아도 돼요."

단언했습니다. 그러자 그 여성은 기대가 어긋난 모양인지 조용해졌습니다.

"저도 애기… 임신중이지만 걱정 없으니까…"

공격하려고 했지만 바로 그 때 남편이 돌아왔습니다. 그 여자를 보자 연극의 한 장면 같이 눈알을 크게 부라리며 장승처럼 우뚝 멈춰 서 있었습니다. 언제나 온순한 얼굴을 하고 있었는데 그렇게 무서운 얼굴을 본 것은 저도 처음이고 그 귀신 같은 얼굴로 그 여성을 쏘아보며

"왜 여기까지 왔어. 이 쪽으로 와."

목덜미를 붙잡고 밖으로 끌고 나가

"돌아가…"

큰 소리를 질렀습니다. 그 여성도 성격이 보통내기가 아닌 듯 지지 않고 응수했지만 차마 볼 수가 없어서 저는 이웃집 체면상

"창피하니까 싸우지 말고 이야기를 하도록 해 봐요."

중간의 역할을 했습니다. 그리고

"이 아이는 당신 아이라고 하던데 그게 사실이면 당신 아버지로서 책임을 져야 해요. 그 여자한테 가세요. 저는 괜찮으니까…"

"너는 뭐라고 하는 거야."

이번에는 입술이 시퍼래지면서 저에게 대들었습니다. 연극 같이 느꼈습니다. 저는 그 여성을 향해서

"이 남자를 원한다면 얼마든지 줄 테니까 걱정하지 말아요. 반드시 돌려 줄테니…"

"아니요 이런 남자는 두 번 다시 만나고 싶지 않아요. 드리겠습니다라고 해도 필요 없어요."

"그렇다면 뭐하러 온 거예요. 저도 필요 없어요."

이야기가 오고간 후 결국

"당신 어느 쪽으로 가고 싶어요. 저쪽도 필요 없다고 하고 저도 필요 없어요."

남편에게 그 대답을 강요했지만

"나는 아무것도 몰라."

하고 책임 회피를 해 버렸습니다. 호적등본까지 확인하고 남편이 독신이라고 믿고 있었던 만큼 그 여성의 출현은 어처구니없는 일이었지만 남편의 미적지근한 태도에 그 날은 왠지 흐지부지 끝나고 말았습니다. 저는 심각하게 고민

했습니다.

'남자라는 것은 어떤 동물일까, 남자라는 것은 모두 이런 것일까.'

저는 남편 이외의 남자는 아버지 밖에 없지만 아버지는 밖에 나가 열심히 일을 해 돈을 벌고 계셨습니다. 그러나 남편은 아버지와 어딘가 달랐습니다. 결혼해서 일주일 정도 지나서 벌써 생활비가 바닥나 버렸습니다.

"생활비 주세요."

"없어."

"없다니 그러면 어떻게 해요. 죽으란 말이예요."

"내일은 내일의 바람이 불어, 걱정하지마. 하늘을 나는 새를 보면 돈이 없어도 살아가고 있잖아."

라는 말을 남기고 획 집을 나가 버린 채 돌아오지 않았습니다. 먹을 밥이 없는데 이것은 저에게 죽으라는 말과 다름없는 너무나도 잔혹한 일이었습니다. 화가 나서 돌아오기를 기다리고 있으면 돌아오지 않고 언제나 어느 정도 열기가 식을 때쯤 기회를 노렸다가 돌아오는 것이었습니다. 그런 점에서는 저보다 지능이 훨씬 위였습니다. 그런 남편을 보고 있으니 어린 시절에 했던 적이 있는 칼싸움 놀이의 쿠니사다 츄지(國定忠治)라든가 쿠쯔카게노 토키지로(沓掛時次郎)또는 시미즈노 지로쵸(淸水次郁長)같은 도박사의 유랑이 생각나

"이 남자도 그런 변덕장이일지도 몰라."

한숨이 나왔습니다.

"당신 같은 사람과는 더 이상 같이 살 수 없어."

이번에는 제가 홱 집을 나가 버렸습니다. 신변물을 정리해 놓고 물건을 그대로 방에 놓아 둔 채 갈 곳이라고는 친정 밖에 없었습니다. 그러나 부모님의 반대를 무릅쓰고 결혼했기 때문에 사실대로 말을 못하고

"좀 휴양을 취하러 왔어요."

하면서 집으로 들어섰습니다. 며칠 후 남편이 데리러 왔습니다. 화가 나서 퍼부어 대었더니 어머니가 사실을 알게 되어

"역시 이런 일이 있었구나."

어머니도 화가 난 나머지 남편을 때렸습니다. 남편은

"죄송합니다."

얻어맞았는데도 아무런 저항도 하지 않고, 계속 빌었습니다. 그런 남편을 보니 가엾게 생각되어 저도 모르게

'얻어맞으면서도 도망치지도 않고 지독해.'

감탄해

"할 수 없어. 돌아갈까요."

말하니까 왠지 모르게 끝이 난 것이었습니다. 집에 돌아오려고 할 때 어머니가

"너는 너무 멍청해."

라고 하셨습니다. 그 말은 어머니가 돌아가실 때까지 저에게 하시던 말씀이었습니다. 그 말과는 정반대로 저는

'자신의 일은 자신이 해야해. 다른 사람에게 의지하는 생활 방식은 그만 두자. 뱃속의 아기를 위해서라도 남편에게 의지하지 않고 돈 벌어야지.'

라고 굳게 마음을 먹고 배를 어루만지면서 번역 일에 열심히 했습니다.

저는 근처의 산부인과 병원에 입원하여 첫 딸을 낳았습니다. 25살 때로

'이제부터는 남편이 어떠한 행동을 해도 신경 쓰지 말고 아이 위해서 살아가자.'

마음을 새롭게 하였습니다. 저는 가즈에(和惠)라고 이름을 지었습니다. 남편은 남자만이 사람인 것처럼 생각하는 사람이라서 첫 아이가 남자아이가 아닌 것을 알고는 기뻐하지 않았습니다. 저는 아이를 키우는 한편 번역 일도 열심했습니다. 어머니가 8명의 자식을 키우면서도 밖에서는 남만큼 일을 하고 더욱이 밥도 짓고 빨래도 하면서 해냈던 것을 생각해 보면 어머니의 발 밑에도 미치지 못하는 저는 어머니의 강인함을 다시 마음 속에 깊이 깨달았습니다.

영어 학원

번역 일을 하고 있으니

"우리 아이 좀 가르쳐 주세요."

라는 어머니들이 있어서 집에서 학원을 시작했습니다. 그러는 동안 둘째아이도 태어나서 토요코(豊子)라고 지었습니다. 다다미 여섯 장의 방 두칸이어서 아이들을 재우고 다른 방에서 중학생들을 가르쳤지만 때 마침 나가이(長居) 공원 근처에 살고 있는 사람이

"우리 집이 넓으니까 우리 집에 오셔서 가르쳐 주시겠어요? 10명 정도 학생을 모을 테니 일주일에 한 번만이라도 좋으니까요."

말을 걸어 주었습니다.

"그렇다면 일주일 두 번 정도는…"

라는 것으로 그 집으로 옮겨 본격적으로 학원을 시작했습니다. 중학생들이 학교에 다니는 시간에는 『레이디스 영어 회화』라는 것을 개강하자 근처 아파트에 사는 유한 마담들이 20명이나 모일 정도로 대성황이었습니다. 덕분에 주머니 사정도 좋아졌습니다. 그러는 동안에 나가이역 앞에 있는 빌딩의 방 하나를 빌렸습니다. 다다미 20장 정도의 크기로 30명 정도 들어갈 수 있었습니다. 학생들이 연달아 드나들고 해서 100명 정도의 학생을 가르치는 나날이었습니다.

남편은 변함없이 변덕장이처럼

"공산주의 반대 절대 반대…"

라는 집념으로 민족운동에 동분서주하고 있어서 때로는 얼마간의 자금을 제공할 때도 있었습니다.

'집에서는 쓸모 없는 남편이지만 사회를 위해서 쓸모 있으니까 뭐 괜찮을 테지.'

하고 이해하려고 노력했습니다. 그러나 왕성해 아무리 민족을 위해서 일해도 생활 안정에 결부되지 않는 것이 무슨 일이 있을 때 마다 화가 났습니다. 남편은 민단 일에 분주하게 뛰어다니지만 취직도 제대로 못하는 일본 사회에 대해 화가 났습니다. 한편으로는

'한국인 사회라는 것도 어찌 된 거야. 같은 한국인에게 일도 제대로 알선해 주지 못하고…'

한국인 사회에 대해서도 화가 났습니다. 그것은 매우 슬픈 일이었습니다. 그래서 남편에게서 민족적인 이야기를 많이 들어도 저에게 있어서 지금 당장 그날 그날의 식량 걱정이 있었으므로 민족 같은 것을 생각할 여유도 없이 학원 경영에 전념해야만 했습니다.

그런 어느 날 저희 집에 찾아왔던 그 여성이 위독하다는 소식을 들었습니다. 4년이나 지났을까 그 여성의 아이가 유치원에 다니기 시작하고 남편의 부탁도 있고 해서 그 아이를 떠맡았습니다. 그 직후에 그 여자는 가엽게도 돌아가셨습니다.

남편은 융통성이 없는 사람인지라 자신의 생각함 범위를 조금이라도 벗어난 것에 대해서는 용서하지 않았습니다. 저는 그 반대로 『죄와 벌』의 영향은 없었다고 하지만

'일정한 범주에서 벗어나도 괜찮아. 그런 것이 인간이 아닌가.'

라는 느낌으로 설사 죄를 범한 사람이라도 용서할 수 있다고 말하니까 죄를 범하는 이유가 있어서 죄를 범하는 것이고 사람은 누구나 그런 가능성을 가지고 있는 것이다라는 생각을 가지고 있었기 때문에 남편이 가정을 돌보지 않는 것도 너그러운 마음으로 이해하려고 했습니다. 그러나 다른 사람한테는 엄한 남편도 자기자신의 일은 무른 데가 있는 것 같았습니다. 그런 성격 남편라는 성격이나 취미가

전연 맞지 않아서 자주 충동했지만 어쩌면 서로 없는 것을 추구했었는지도 모르겠습니다.

남편은 사리 사욕을 버리고 국가 민족을 위해 사회정의를 관철하는 사람이었지만 자기 가정을 돌보지 않는 데에 저는 몇 번이나 비탄에 잠길 수밖에 없었습니다. 그런 것이 겹쳐져 저는 강한 여자로 성장한 것 같지만 아직도 약한 여성인 것은 다름이 없습니다.

학원을 하면서 시간이 나는 대로 쿄토나 나라에서 외국인 상대로 관광 안내도 했습니다. 하루 안내를 하면 2만엔 전후이고 재수가 없는 날은 1만엔, 운좋은 날에는 3만엔도 받았습니다. 그런 가이드 경험을 인정받아 1970년 오사카 만국 박람회에서는 컴패니언도 했습니다. 참관하러 온 외국 사람들을 여러 나라 건물로 안내하는 일이었습니다. 선박 회사에 근무하는 미국 오리건주에서 온 부부에게는 특별 감사를 받고

"미국에 한 번 놀러 오세요."

라고 권유를 받았습니다. 만국 박람회도 무사히 끝났습니다. 그 기간에 여러 나라 여성의 활약 모습을 보고 같은 여성으로 더욱 더 열심히 하지 않으면 안 되겠구나 하고 느꼈습니다.

학생 시절에는 외교관이나 비지니스걸을 동경해 세계로 날아가는 꿈을 가지고 있었습니다. 그러나 현실은 어떻습

니까? 그 때 저는 세 아이의 육아에 쫓기고 있었고 영어 학원의 경영자로서 매우 바쁜 날을 보내며 부업으로서 관광 안내도 하고 게다가 화장품 판매도 하고 있었습니다. 그래도 어머니의 노력에는 못 따라간다고 생각했습니다. 가만히 생각해 보니 가정을 돌보지 않는 남편 대신에 하나부터 열까지 다 혼자서 꾸려 나가온 것입니다. 제가 이렇게 까지 희생을 할 필요가 있을까, 저의 인생은 어디에 있는 것일까 하고 깊이 생각하게 되었습니다.

그 당시 저는 화장품 판매도 하고 있었습니다. 때마침 학원에 오는 어머니들 상대로 하기 시작한 것이 예상밖에 호평이었습니다. 그래서 우쭐해 본격적으로 시작했더니 장사가 너무 잘 되어 그 사이에 외판원을 고용해서 장사를 확장했습니다. 그 덕분에 화장품회사에서 판매실적 1위라고 표창도 받고 남 못지 않게 비즈니스걸을 자처할 때도 있었습니다. 그러나 자신이 찾고자 하는 인생과는 어딘가 빗나가 있는 것 같았습니다. 자신의 작은 학원에서는 선생님 선생님이라고 존경받고 있었지만『우물 속의 개구리는 큰 바다를 모른다』고 결국 작은 세계에 불구합니다.

'이런 작은 세계에서 그것도 육아에 쫓기는 생활은 정말 싫다… 좀더 다른 큰 세상을 보고 싶다…'

생각하기 시작하자 안절부절못했습니다. 저는 여러 가지로 생각한 후

‘내 청춘에 후회는 없다. 그래서 자신의 인생을 소중히 해야 돼.’

결론을 내렸습니다. 그렇게 결정을 내리자 즉 실행에 옮기는 저는 화장품 장사를 그만 두기로 했습니다. 그리고 1971년 봄 화장품 장사로 모은 돈을 전부 합해서 미국으로 떠났습니다.

“화장품 가게를 해주지 않으면 곤란해요.”

화장품 회사의 끈질긴 만류에도 불구하고

“미국에 가서 공부하고 싶고 경우에 따라서는 영주할지도 모르겠어요.”

단호히 거절하고 도미했습니다. 물론 남편도 깜짝 놀랐습니다.

“미국에 갈 거야.”

“뭐라고 아이는 어떡하고.”

“뭐든지 다 당신에게 줄께. 아이도 줄께, 절대로 갈 거니까.”

‘지금까지 밤잠도 제대로 못 자고 아이 키우느라고 고생했는데 한 번 정도는 할 거야.’

라는 남편에 대한 보복도 있었는지도 모릅니다. 저는 이혼 할 각오로 되어 있었습니다. 그 때 큰 아이가 13살 둘째가 10살 셋째가 8살이었습니다.

만국 박람회에서 친절하게 해주셔서 고맙다고 미국에 한

번 놀러 오라고 해주신 미국 사람의 초청으로 가는 것이었습니다. 남편은 저에게 다시 돌아와 달라는 뜻에서인지 눈물을 주르르 흘리며 공항까지 배웅해 주었습니다. 왠지 애처롭게 느꼈습니다.

이타미(伊円)공항에서 하와이를 경유하여 샌프란시스코에 가 거기서 국내선을 갈아타고 오리건주 포트랜드에 도착하였습니다. 공항에서 전화를 걸자 가까운 곳에 살고 있어서 20분만에 공항으로 마중을 와 주셨습니다. 하와이까지는 9시간 정도 걸렸지만 창에서 보이는 경치가 바다뿐이어서 왠지 실감나지 않았습니다. 하와이에서 샌프란시스코까지는 7시간 정도 샌프란시스코에서 포트랜드까지는 2시간 정도 걸렸습니다. 도착하니 너무 힘들어서 휘청휘청했고 일주일 정도는 시차 때문에 밤낮 구별이 없이 계속 졸려 어쩔 수 없이 그집 2층에서 일주일 동안이나 잠만 잤습니다. 그 집 식구들이 억지로 깨워서 겨우 식사를 할 지경이었습니다. 아침은 빵에다 커피 뿐인 가벼운 식사였고 커피는 물 대신 마시는 식이어서 몇 잔이나 마실 수 있는 엷은 맛이었습니다. 저는 학생시절로 되돌아온 기분이 되어 '내 청춘에 후회는 없다.'

라는 해방감에 잠겼습니다. 미국에서 체재는 6개월에 마쳤습니다. 집안일도 아이일도 학원일도 다 잊고 미국에서의 생활을 즐겼습니다. 자기 자신의 인생을 다시 한번 생각해 보는 계기를 만들고 싶었던 것입니다. 오리건주는 삼림지대가 많은 곳으로 자연 환경은 훨씬 뛰어난 곳이었습니다. 그런 뜻으로서도 저에게는 기운을 회복시키기에는 더할 나위 없는 휴양지였습니다. 때로는 대학에 청강하러 가기로 했습니다. 바로 대학 생활이 다시 시작한 기분이었습니다. 유학이라고 하는 편이 나을까요. 저는 크리스찬이 아니었지만 일요일에는 교회에 가서 예배를 드리고 성서공부도 했습니다. 교회는 미국인의 생활이나 정신이 응축되어 있어서 여기서 보고 듣고 하는 것은 미국이라는 나라를 이해하기 위해서는 많은 도움이 되었습니다. 일반적으로 나쁜 면이나 어두운 부분이 자주 보도 된 미국만 눈에 비쳐졌지만 교회에 오는 사람은 거의 선량한 미국 사람으로 서로의 회화는 교회를 통해서 이루어지는 것 같았습니다. 미국 극히 평범한 가정 생활 모습이 손바닥 보듯이 알게 되었습니다.

그 당시 미국에서는 미니스커트가 유행이어서 아이를 셋이나 낳은 저도 거리낌없이 미니스커트를 입고 굵은 다리를 내놓은 채 걸어 다녔습니다. 정말로 젊게 보였습니다. 어떤 때는 알고 있는지 없는지 모르겠지만 고등학생으로 잘못 보는 사람도 있었습니다. 그 덕분에 주말이 되면 젊은 이들에게서 드라이브하자는 말도 많이 들었습니다. 여러 가지 구경할 수 있었고 여러 가지 음식도 먹을 수 있었습니

다. 그것도 공짜라는 배려를 받았습니다. 그러다가 끝내는

"결혼해 줘."

라는 말도 들었습니다. 그럴 때는 어쩔 수 없이 최후의 방법으로

"저는 일본에 남편이 있어요."

"아니, 그런 건 거짓말이야."

놀라서 눈을 동그랗게 뜨곤 했지만 그 이상 구애하는 일은 없었습니다. 저는 미국에 6개월간 체류하는 동안 집에는 편지 한 통 보내지 않았습니다. 어머니한테서 편지가 왔고

'오사카에 가기도 하고 나라로 데려오기도 하면서 네 아이들을 돌보고 있지만 네 남편도 고생하고 있어. 가끔 히스테리를 일으키며 당신 딸을 잘났다고 생각하고 있어요? 라고 서슬이 시퍼래서 화를 내기도 하고 소리 지르기도 해. 적당히 끝내고 빨리 돌아오너라.'

라는 내용이었습니다. 여권 관계상 6개월이 최대한의 체재 기간이었으므로 미국에서의 제2의 청춘 시대를 아쉬움을 남긴 채 끝내고 일본에 돌아왔습니다. 미국에서의 생활이 저에게는 역시 문화적 충격이었습니다. 솔직한 사고방식이나 사람을 대하는 방법 그리고 한 사람 한 사람의 다양한 생활이나 문화에 관한 가치관 등등 대학 시절에 배웠던 것들이 새롭게 되살아나고 배울 것이 많이 있었습니다.

거기에 비해서 일본 사회의 사고방식의 좁음이나 다른 사람에게 대한 배려 등 예절을 지켜야 하는 것이 골치가 아플 정도로 많았고 일본에서 살고 싶지 않을 정도였습니다. 그래서 그 이후로는 1년에 한 번씩 오리건주의 선박 회사에 근무하고 계시는 미국 사람의 집에 가는 것이 항례가 되어 어느 새에 그 2층 방은

"여기는 당신 방이니까 언제나 와요."

할 정도가 되었습니다. 그리고 미국의 자연이나 문화와도 익숙해져 기분을 회복시키는 것에 유의했습니다. 긴 여행을 할 때는 비행기 안에서는 옆 좌석에 앉은 사람과도 친해져 교류가 넓어지기도 하였습니다. 어떤 때는 미국 사람을 만나기도 하고 어떤 때는 독일 사람, 프랑스 사람을 만나기도 하였습니다. 그래서 세계 각지 여기저기에 아는 사람이 생겼습니다. 그렇게 아는 사람이 생기면 호텔에 머무르지 않아도 될 때도 있었습니다. 어느 때인가는 옆좌석 사람이 샌프란시스코에 거주하는 미국사람인데 우연히

"샌프란시스코의 중심지에 살고 있으니까 안내할까요."

하고 이야기가 되어 안내를 받은 적도 있었고 그 뿐만 아니라 집에 재워 주면서 샌프란시스코를 구석구석 안내해 주었습니다. 이렇게 해서 해외에 익숙해지자 배짱도 생겨 어느 때는 길에 들러서 여기저기 구경할 때도 있었습니다. 로스엔젤레스도 좋은 거리였고 그랜드캐논

은 볼만한 웅대한 경관이었습니다. 자연의 웅장함에 경악을 하면서 인간의 하잘것없음을 뼈져리게 느끼는 곳이었습니다. 그렇게 숨도 못 쉴 정도로 마른침을 삼키는 아름다운 경관 앞에서는 지구상에 존재하는 모든 생물은 동등한 권리를 가지고 자연과 함께 살아가야만 한다는 의식이 들었습니다. 고대에는 베니스였는지 모르겠지만 현대에는 그랜드캐논이 아닐까요. 일생에 한번쯤 봐 둘만한 곳이라고 생각했습니다. 그밖에 캘리포니아주, 애리조나주, 뉴저지주, 워싱턴주 등도 구경하고 목적지인 오리건주에 들어갔습니다. 역사의 가치나 중용성을 느낄 수 있는 이탈리나 프랑스와 같은 유럽의 여러 나라들과는 달리 미국은 깊은 역사는 느낄 수 없지만 나라 전체가 참으로 광대하다는 것을 느끼고 애리조나주 같은 곳을 차로 10 시간 정도를 달려도 계속 사막뿐인 곳이었습니다. 그런 광대한 땅의 성격이 미국 사람의 특질을 만들어 냈는지도 모르겠습니다. 자연과 인간의 관계에 있어서 불가사의한 그 무엇인가를 느끼게 해 주었습니다. 미국은 분명이 개방적인 면이 있지만 한 가지 잘 못하면 따돌림 당하는 무서운 사회이기도 합니다. 이질적인 것이나 특이한 것이나 그런 것을 아무런 저항감 없이 받아들여지고 이해되는 그런 넓은 마음이 있고 모두가 친절하고 그런 까닭에 생활하기도 편리하고 재미

있는 면도 많이 있지만 그것이 맞물려지지 않고 튀겨져 나왔을 때는 더 이상 살아가기 힘든 그런 곳이 있습니다. 예를 들면 선악의 범주에서 악의 겨우 즉 나쁜 면을 보면 그 순간 갑자기 배타적이 되고 상대도 해주지 않고 까딱 잘 못하면 목숨을 읽을 수도 있는 그런 위험성도 있었습니다. 게다가 마약 같은 것을 사용하는 병적인 사람과 마주쳤을 때 잘못 대처하면 순식간에 목숨을 잃기도 합니다. 그런 무서움을 알게 되면 역시 일본이 좋다고 느끼게 되지만 그런 것은 횟수를 거듭하면서 직접 경험해가고 처음으로 알 수 있는 것으로서 책 속에서의 지식은 아무런 쓸모가 없다는 것을 통감하며 경험이야말로 참다운 교육이라고 확신했습니다.

오사카 나가이에 있는 영어 학원은 번창하여 저 혼자만으로는 어쩔 할 도리가 없어져서 담당자 3명을 고용했습니다. 그리고 구죠(九條), 나라의 타까다(高田), 사카이, 아베노 등 빌딩의 한 층을 빌리는 교실은 계속해서 늘려 나갔습니다. 각각 한 반에 10명 내지 20명 정도의 학생을 받아 출장 강의도 하게 되었습니다. 경영은 순조롭게 나아갔습니다. 특히 아베노 교실이 인기가 있어서

"입시 학원으로 합시다."

하고 조언을 하는 사람도 있었습니다.

"학생이 500명 정도 오면 잘 되고 1000명 정도면 더 말

할 것도 없지요. 오전 중에는 문화 교실로 사용하면 좋아요…"

라는 계획에 저도 솔깃하여 아베노 교실에 사무장 1명과 4명의 직원을 채용하여 대학 교수나 고등학교 교사들과 계약을 하고 교실의 내부도 새롭게 꾸며 시작했습니다. 그러나 당초의 예상이 어긋나 교실에는 언제나 200명 정도로 한산하기 그지없었습니다. 아베노 일대는 입시 학원의 중심지로 오른쪽을 보아도 왼쪽을 보아도 큰 입시 학원이 맹렬히 싸우고 있어서 작은 입시 학원이 경쟁에서 이기기 위해서 막대한 선전비를 들여야만 했습니다. 입시 학원은 차린 것은 저에게 있어서 상당한 무리였습니다. 인건비가 많아져 경영은 적자가 계속 되었습니다. 그 때 42, 3살이었습니다. 그 6개월 동안의 피로가 겹쳤는지 몸이 좀 안 좋아져 강의도 할 수 없을 정도였습니다. 저는 결심을 굽히고 입시 학원을 문을 닫기로 하고 수업이 없는 시간대에 교실을 빌려주었던 문화교실의 경영자들과도 겨우 해약을 하였습니다. 그 동안의 손해 액은 1000만엔도 넘었습니다. 후회해도 이미 늦었습니다. 저는 마음을 새롭게 하여 원래 하던 대로 5군데의 영어 학원만을 견실히 경영하기로 하였습니다.

장녀

큰 딸인 카즈에는 무럭무럭 자랐습니다. 생후 10개월에 벌써 걷기 시작했습니다. 말하는 것도 빨랐고 조숙했습니다. 3살 때쯤

"비가 오니까 밖에 나가면 안 된다."

"싫어 나갈 테야."

라고 반항하고 빗속에 나가 놀라기도 하며 자기가 하고 싶은 대로 행동을 하였습니다. 저는 대학에서 심리학을 배워 제 1 반항기 제 2 반항기 제 3 반항기 등이 머리 속에 들어 있었습니다.

'응 바로 이게 제 1 반항기구나'

하고 객관적으로 받아들일 수가 있어서 당황하지는 않았습니다. 소학교 때도 한 번 같은 일 있었고 사춘기가 되자

많은 친구들과 사귀며 자주 집에 데리고 왔습니다. 저는 여러 가지로 바쁘게 일을 하고 있었기 때문에

"자꾸 이러면 곤란하구나, 학원 수업 준비도 하는데…"

"친구란 것은 소중히 하지 않으면 안되는 것인데 그렇게 말하는 부모가 어디 있어."

반대로 저를 설득할 정도였습니다. 바빠서 제대로 돌봐 주지 않으면

"부모라는 것은 아이가 친구들을 집에 데리고 오면 기뻐하며 여러 가지 맛있는 것을 내서 대접해야 하는데 우리 엄마는 차 한 잔 주지 않아, 케이크 같은 것도 만들고 신경 좀 써 주세요. 오늘은 제 생일이잖아요."

하고 쏘아보았습니다.

비틀즈에 열중해서 레코드를 사고 싶어 하는 것 같았지만 저는 큰 스테레오 것은 설치하지 않는 주의였기 때문에 딸이 친구 집에서 언제나 사이언과 컴펑클, 비틀즈 등을 듣다가 밤 12 시가 넘어 돌아올 때도 자주 있었습니다. 남편은 불 같이 노하며

"여자 애가 밤늦게까지 뭐 하고 있어?"

호통을 쳤습니다. 때로는 밤샘도 했는지 아침 일찍 들어와서

"이대로 학교에 갈 테니까 가방을 가지러 왔어."

하자

"너 앞으로 밤에 돌아오지 않으면 머리를 후려갈길 테니까 알았지. 여자가 어디서 뭐 하고 있어."

남편에게서 서슬이 푸른 얼굴로 호통맞고 얻어맞기도 했습니다. 그런 옥신각신이 두, 세 번 있었을까.

공부도 잘 하고 운동도 잘 해 고등학교 때는 수영부 리더로서 활약하는 것 같았습니다.

"고등학교 졸업하면 바로 미국으로 유학갈게…"

라고 3학년 때부터는 딴 것에는 거들떠보지 않고 열심히 공부했습니다.

어릴 때부터 학원에서 저의 수업시간 때는

"학생들과 같이 공부해라."

"싫어."

하는 것을 억지로 앉혀 놨더니 할 수 없어서 한 것인지 저절로 머리 속에 들어간 것인지 영어를 마스터 한 것 같아서 학원 내의 시험에서는 언제나 톱이었습니다. 그 때에는 영어 회화에는 아무런 문제가 없어서 카즈에 스스로 유학 준비를 하였습니다. 저는 어머니로서 대찬성이었지만 남편은

"뭐라고 하는 거야. 여자 애가 혼자서 미국에 간다는 건 말도 안 돼."

반대하였습니다. 그래서 남편에게 비밀로 서류를 준비하였습니다. 그 서류는 영어로 써야 되고 성적표나 추천서도

마찬가지였습니다. 공등학교 영어 선생님이나 교장 선생님께 부탁을 드렸습니다. 다른 사람은 유학시키기 위하여 당시 30만에서 100만엔 정도 들었지만 저의 경우는 인지 요금하고 우표 값만 들었습니다. 게다가 비자도 제가 고베에 있는 미국 영사관에 가서 직접 수속을 하였습니다.

이렇게 해서 사립 포드렌드대학에 입학하며 제가 아는 사람이 근처에 살고 있어서 그 집에서 다녔습니다. 그 후 주립 오리건대학 그리고 콘코드대학을 거쳐 졸업하였습니다. 졸업을 하자 미국사람 대학 교수의 아들과 결혼을 해 버렸습니다. 어느 날

"약혼식을 할 테니까 미국으로 오세요."

연락을 받고 그것을 남편에게 이야기하니

"뭐라고 하는 거야."

반대를 하였습니다.

자신의 딸이 파란 눈의 미국 사람과 결혼한다는 것이 믿을 수 없는 것 같았습니다. 그래서 저만 갔습니다. 결혼식도 교회에서 성대하게 올렸는데 그때도 저만 참석하고 남편에게 사진을 보여 주었습니다.

카즈에가 아이를 낳아 아주 귀여운 외동딸을 데리고 고향으로 돌아왔습니다. 결혼에 끝까지 반대했던 남편도 파란눈의 소녀라고 해도 소녀임에는 틀림없는 같아서 말도 통하지 않아도 싱글벙글 하면서

“쌩큐 쌩큐”

만 열심히 연발했습니다.

“아이에게 생큐 생큐만 하면 바보 취급 받아요.”

주의를 주자 그 이상은 어쩔 수 없는 것 같아서 소녀를
앞에 놓고 몹시 힘들고 괴로워했습니다. 최근에는 웬일인지

“카즈에는 아는 사람이 없는 곳에서 잘 버티고 있네. 인
내력이 강한 딸이야.”

하고 칭찬까지 하게 되었습니다. 큰 아이는 저보다도 세
상을 잘 아는 듯했고 예전부터 어느 쪽이 엄마인지 전혀
모를 때가 있었습니다. 지금도 미국에서 전화가 오면

“엄마 잘 지내요? 약속대로 영양은 잘 섭취해요?”

저의 건강에 신경써주며 명랑하기도 했습니다.

차녀

　세 살 터울로 태어난 둘째 딸 토요코(豊子)는 큰 딸하고
는 정반대로 느긋하고 대범한 성격이었습니다. 큰 딸의 이
름은 가족이 모두 화합할 수 있도록 합친다는 의미의 카즈
(和)에다 은혜(恩惠)를 입다는 뜻에서 에(惠)를 지어 키즈
에(和惠)라고 했지만 토요코때는 남편이
　"이 애는 굉장히 태평스러운 아이야 거북이 같아. 그래
카메코(龜子)로 하자 카메토로 해 카메코로…"
　고집을 부렸지만 저는
　"그런 건 멋이 없어, 아무렇게나 되는대로 말하는 것도
분수가 있지…"
　화를 냈습니다. 그래서 여러 가지도 생각해 풍족하게 살
라는 뜻에서 토요코(豊子)라는 이름을 지었습니다. 나중에

토요코에게 그런 이야기를 해주자

"아버지는 정말 엉터리야. 그런 이름을 짓지 않아서 좋았어."

자기 아버지를 쏘아보았지만 토요코는 정말로 마음씨 고운 아이였습니다. 소학교 때는

"언제나 구박을 받는 아이를 구해 주고 개구쟁이를 잘 달래 주기도 해서 정말 도움이 돼요."

라고 담임 선생님께 칭찬을 받았습니다. 그런 말을 듣자 토요코는 아침 일찍 집을 나가서 구박을 받은 아이의 집에 부르러 가서 같이 갔습니다. 그렇게 1년이 지난 후 그대로 같은 중학교에 들어갔을 때 그 아이의 부모님이 일부러 찾아와서

"따님 덕분에 우리 아이가 장상한 정신 상태가 되어 정말 고맙습니다."

머리를 깊이 숙여 감사의 말을 하셨습니다. 지금도 그 사람을 만나면

"당신네 딸 정말 마음씨 고운 딸이야. 성격이 좋아서 행복하게 잘 살지요."

"네 그래요."

말을 주고 받을 정도로 토요코는 정의감이 강한 아이이면서도 어딘가 유유자적한 데가 있고 학교의 성적도 좋은 것도 없고 나쁜 것도 없이 중간 정도였습니다. 이웃 사람

에게는 깍듯이 인사를 해서 어렸을 때부터 모두에게 사랑을 받았습니다. 고등학생이 되면서 저의 학원 일도 자주 도와 주었습니다. 학원의 성적이 안 좋은 아이에게 대해

"그 아이의 가정교사가 되어서 가르쳐 줘라."

하면 그 아이의 가정교사 역할을 하는 등 여러모로 도와 주었습니다. 고등학교를 졸업하고 간사이외국어대학의 영문과에 진학하며 저를 도와 주었습니다. 주로 구조 교실에 가르치러갔습니다. 저는 토요코의 도움을 기대하고 있었지만 토요코는

"저는 결혼하면 일을 하지 않을 거예요."

"왜."

"어머니를 보고 커서 엄마처럼 일하는 부모의 아이가 참 불쌍하다고 생각해요. 그러니까 가정에서 자기 아이한테만 전념할 테니까 일을 하지 않을 거예요."

라는 것이었습니다. 쫓기어 아이들에게 외로움을 심어 주게 되었나 봅니다. 토요코는 대학을 졸업을 하자 보석 관계의 회사에 들어갔습니다. 중매장이가 사진을 가지고 선보라고 여기저기서 왔습니다.

"잠깐만이라도 좋으니까 선보라."

할 때만

"필요없어요, 안 봐요."

거절하면서 2년이나 버티었습니다.

'이런 걸 보면 사귀고 있는 남자가 있는 게 틀림없어.'

짐작한 저는

"토요코 누군가 있는 거 아니야? 사귀고 있는 사람이 아니면 누군가 생각하고 있는 사람이 있어?"

어느 날 넘겨짚어 보았습니다. 얼굴 표정을 보니 그런 것 같길래

"절대로 있어. 얼굴에 써 있어. 다음주 한 번 그 친구를 데리고 오너라."

"엄마는 무슨 엉뚱한 말을 할지도 모르니까 싫어요."

"아주 상냥하게 잘 대해 줄게. 맛있는 차하고 케이크를 준비할 테니까 데리고 오너라."

일주일 정도 지나서 한 남자를 데리고 왔습니다. 같은 보석 관계 회사에 근무하는 사람이었습니다. 저는 거리낌 없이

"몇 년 정도 사귀고 있어요?"

묻자 깜짝 놀라며 얼굴이 빨개지더니

"대중 2년 정도 됩니다."

'그렇다면 일하기 시작한 지 얼마 되지 않았을 때부터잖아.'

계산한 후

"2년이나 사귀었는데 무슨 생각하면서 만나고 있어요? 토요코하고 결혼할 의사는 있는 거예요? 아니면 이대로

친구로서 사귈 정도예요. 이제는 확실히 해도 좋은 시기인
것 같은데…”

“결혼하고 싶다고 생각합니다.”

“그런 생각을 하고 있다면 결혼해 달라고 본인에게 얘기
한 적이 있어요?”

“아직 하지 않았습니다. 제가 마음 속으로만 생각하고
있을 뿐입니다.”

“당신 부모님께는 말씀 드렸어요?”

“아니요.”

“그렇다면 오늘 밤 부모님께 즉시 전화해서 이러이러한
아가씨하고 결혼하려고 생각한다고 말씀드리면 어때요?”

“네. 그렇게 하겠습니다.”

고분고분히 대답을 했습니다. 그날밤 제가 말한 대로 히
로시마(廣馬)의 부모님께 전화를 한 것 같아서 그 사람으
로부터 전화가 왔습니다.

“부모님이 뭐라고 말씀하셨어요? 솔직하게 이야기해요.”

“그런 연상의 여자는 안된다고 말씀하셨습니다.”

“안 된다고 부모님이 반대를 하시면 할 수 없지. 그러면
단념하는 게 좋겠어요. 우리 딸도 여기저기 선을 보자는
사람이 많으니까 지나치게 질질 끌고 있으면 곤란해요. 안
된다면 안되는 거니까 단념하는 게 어때요?”

“아니요, 저는 단념할 수 없습니다.”

"그렇다면 다른 나라 사람이라는 것도 확실히 말씀 드렸나요?"

"그건 아직 말씀 안 드렸어요. 나이가 위라는 것만 알렸어요. 다른 나라 사람이라는 것은 말할 수 없었습니다."

"왜…… 당당히 말하세요. 한국 사람은 일본 사람보다 격식이 있고 예의를 존중하는 나라라는 것을 알려 드리세요."

해서 저의 집의 가계를 설명해 주었습니다.

"이 이야기를 부모님께 확실히 말하세요. 오늘 밤 하세요. 내일 반드시 물어볼 테니까 만약 하지 않으면 이제부터는 토요코를 회사 그만두게 하고 만나지 못하게 할 테니까요."

다음 날 전화가 왔습니다.

"한국 사람? 그건 안 돼. 한국 사람하면 조선인이니까 그건 절대 안 된다. 어떤 집안 사람인지도 모르지만… 하면서 한국 사람이라는 말을 듣는 순간부터 반대하셨습니다."

"그런 부모님이라면 우리 딸이 결혼하더라도 행복해지는 못할 거야. 그러니 서로 그만 두기로 합시다."

말하고는 토요코에게도

"한국 사람을 경멸하는 부모라면 결혼해도 행복할 수 없어. 그만 두어"

라고 일러두었습니다. 일주일 정도가 지나서인가 두, 세 집 건너 살고 있는 이웃 아주머니가

"와타나베(邊仍)[1]씨 누가 와서 당신네 토요코에 대해서 물었어."

"누가?"

"글세, 이름은 잘 모르겠는데 부부가 왔었어. 와타나베씨네 딸은 어떤 딸입니까, 좀 알아볼 게 있어서 물어보러 왔습니다. 라고 하니 있는 그대로 아주 착한 아이라고 말했어."

"누굴까?"

저는 전혀 짐작이 가지 않았지만 늙은 부부가

"와타나베씨한테는 말하지 말아 주세요."

입막음까지 하면서 물으러 왔다 갔다는 것이었습니다. 그 후부터 일주일 정도 지나서 토요코의 남자 친구에게서

"이번 일요일에 좀 방문하겠다고 부모님이 말씀하셨지만…"

전화가 있었습니다.

"괜찮지만…"

그래서 그주 일요일 기다리고 있자니 초인종이 울렸습니다.

"어서 들어오세요."

"아니예요. 여기서도 괜찮아요."

---

1) 남편의 통칭

좀 무뚝무뚝한 얼굴로 서 있었습니다.

부인은 세 걸음 정도 뒤에서 꼼짝 않고 머리를 숙이고 있었습니다.

'이건 좋은 이야기를 하러 온 게 아니구나, 뭔가 거절하려고 왔나.'

눈치를 챘습니다.

"이런 곳에서는 이야기도 못하니까 들어오시죠. 좋은 이야기든 나쁜 이야기든 그렇게 딱딱하게 하시지 마시고 들어오세요. 차라도 한 잔 마시면서 말씀을 나오시죠."

말하자

"그렇다면 잠시 실례하겠습니다."

마지못해 들어왔습니다. 어딘가 시골의 순박함을 느낄 수 있는 부부였습니다. 응접실로 맞아들여 토요코의 이야기는 한 마디도 하지 않고 세상 이야기만 한 시간 정도 했습니다. 처음에는 말도 하지 않고 무서운 얼굴을 하여 차를 내 놓아도 입에 댈 생각조차 하지 않았습니다.

"차 좀 드세요"

권하자 겨우 조금만 마셨습니다. 그럭저럭 하는 동안에 어떻게 된 것인지 그 남자의 아버지 되는 분이 제 이야기에 맞장구를 치면서 말하기 시작하더니 웃기 시작했습니다. 저는 이야기하기에 지쳐

'이쯤에서 본론으로 들어가 무슨 일로 왔는지 용건을 물

어봐야지.'

　생각하며

　"멀리 히로시마에 오시느라고 바쁘셨습니다. 아드님 때문에 힘드시죠. 여러 가지로 이야기 하셨지만 결국 어떤 용건으로 오셨어요?"

　갑자기 묻자 상대방은 말이 막히고

　"아니, 글쎄 나중에 다시 한번 찾아뵙고 말씀드릴 테니 오늘은… 아, 그래 친척집에 들려야 되고 시간이… 다시 한 번 찾아뵙겠습니다."

　거북한 듯 도망치듯이 돌아가고 말았습니다. 그로부터 일주일 후인 일요일날 이번에는 선물을 들고 부부 동반으로 싱글벙글 웃으면서 찾아왔습니다.

　'이번에는 좋은 이야기인 것 같구나.'

　생각하면서 정중히 머리를 숙이고

　"일전에는 실례가 많았습니다. 실은 어떤 집안인지 잘 몰라서 갑자기 찾아왔습니다. 변변치 못한 우리 아들에게 댁의 착한 따님을 주셔도 괜찮겠습니까?"

　라고 무척 공손하게 대했습니다. 제 남편에게는

　"당신은 아무 말도 하지 마세요. 아무것도 하지 말고 싱글벙글 웃기만 하세요."

　하고 입막음을 해놓았습니다. 남편은 화내는 말이나 야단 치는 말을 천하 제일이지만 이런 경우의 회화는 전혀 못하다는 것을 잘 알고 있었기 때문에입니다.

"요즘 같이 서로의 직감적인 느낌을 소중히 하는 시대에서는 더군다나 미국 사람과의 국제 결혼도 빈번한 시대에서는 같은 동양인이라는 것만도 다행이에요. 인접국으로 모든 게 거의 비슷한 나라잖아요. 저도 일본에서 태어나 일본에서 자라 자신의 나라가 한국이라고 해도 한국보다 일본을 잘 알고 있어요. 남편은 한국 제주도에서 태어났기 때문에 한국을 잘 자라고 있지만…"

하면서 저희 집의 가계를 자세히 설명하고 제주도라는 곳에 대해서도 설명했습니다. 그리고

"저는 결혼한 후에 이런 걸 알게 되는 것보다 먼저 말할 것이 있으면 전부 하는 게 좋다는 생각을 가지고 있으니까 댁에서도 숨김없이 좋은 일이든 나쁜 일이든 가능한 한 전부 말씀해 주세요."

말했습니다. 그러자 친척이나 형제들에 대해서 있는 그대로 말해 주셨습니다.

"결혼식은 어떤 식으로 할까요?"

"댁한테 전부 맡기겠습니다."

해서 토요코도 나이가 나이인 만큼 빨리 하는 게 좋다고 생각해

"그렇다면 올해 안에 하도록 하죠. 좋은 날짜를 잡아서 알려 드리겠습니다."

라고 정했습니다. 그리고 며칠 후 달력으로 좋은 날지 잡아 알리고 격식 따른 약혼식도 마치고

"이쪽에서는 히로시마에 갈 수 없어요. 오사카에서 식을 올리면 그쪽에서 오시기 힘드시죠. 또 남편은 발이 넓어서 양가의 참석하는 사람도 인수가 맞지 않을 거예요. 그러니 차라리 이번 기회에 하와이에서 기독교식으로 교회에서 식을 올리고 신혼 여행도 겸해서 하는 건 어떨까요?"

"찬성하겠습니다."

해서 결국 하와이에 있는 교회에서 식을 올리기로 하였습니다. 그쪽에서는 아버님, 어머님 그리고 형제, 이쪽에서는 저와 남편 미국에 있는 큰 딸 가족 이렇게 양부모 형제만으로 멋있는 결혼식이었습니다. 신랑 신부도 서로

"잘됐다."

하고 감격을 하고 있었습니다. 결혼식이 끝나고 양가의 식구들은 서로 릴렉스하고 대화도 활기를 띠었습니다. 토요코는 결혼함과 동시에 보석관계 회사를 그만두고 선언한 대로 전업 주부가 되었습니다. 사위는 그대로 근무하고 있습니다. 아들만 둘을 낳아 지금 저의 집 근처에 살고 있습니다. 사위의 생가는 히로시마의 구가로 산도 있고 밭도 있는 자산가로서 히로시마의 중심지에서 보석가게를 경영하고 있습니다. 그래서 계절에 나는 과일이나 야채를 자주 보내오곤 해서 저에게도 가끔 나눠주고 있습니다. 사위는

외아들이라 히로시마의 생가에서

"빨리 돌아와서 일을 이어 받아다오. 돌아오는 시기에 맞춰서 집을 지을 테니까…"

250평의 땅을 준비하고 언제 올거냐고 재촉하는 모양이었습니다. 토요코는

"유치원은 졸업시키고 갈게요."

라고 했답니다. 사위는 아직까지도 저를 어렵다고 생각하고 있을 겁니다.

장남

　셋째 아이는 남자로 1963년 태어났습니다. 이때만큼은 남편도 뛸 듯이 기뻐했습니다. 토요코와는 2살 차이로 올바르고 똑똑한 사고방식을 할 수 있는 아이가 되라는 뜻으로 토오루(徹)라고 이름을 지었습니다. 徹은 徹底의 徹이고 教育의 育도 들어 있는 글자이고 또 시험 볼 때 빨리 이름을 쓸 수 있도록 한 글자의 이름을 지었습니다. 장남을 키울 때에는 남편뿐만 아니라 저도 위의 두 아이와 비하면 무식 중에 더 귀여워한 것 같아서 위의 아이가 초콜렛을 사달라고 졸라도

　"그런 단 것을 먹으면 충치가 생겨."

　하는 식으로 무조건 참게 했지만 토오루가 조르면 초코렛이라도 즉시 사 주었습니다. 그래서 위의 아이들로부터

"너무 편애하는 거 아니에요?"

라는 불만을 들었습니다. 제가 집을 비 때는 토요코가 토오루를 돌보고 지기 싫어하는 카즈에는 장녀와 장남의 대우가 너무 차이가 있다는 것에 화가 났는지 토오루를 괴롭히는 것을 토요코가 언제나

"오늘도 화가 나서 머리를 때렸어."

일러 주었습니다.

"오늘도 울었구나."

그때의 상황을 들으면

"왜 동생을 사랑하지 않고 그렇게 때려."

라고 카즈에에게 화를 내곤 했습니다. 저의 어린시절을 생각해 보면 때로는 참기도 하지만 어쩐지 저절로 그런 식이 되어 토오루는 어리광쟁이가 되어 학교에 다니는 것보다 집에 있는 것이 좋겠다고 할 정도였습니다. 같은 또래의 아이들이 제대로 인사를 안 하는데 토오루는

"안녕하세요?"

동네 사람들에게 깍듯이 인사하고 남편과 어딘가 닮아서 예절 바른 데가 있었습니다. 학교에서도

"이 아이는 좋은 집안에서 자란 것 같애…"

동급생들까지도 '도련님' 라고 불렀고 중학교에 들어가서도 그렇게 불렀습니다. 저는 내심

'너무 품행이 방정해서 남편처럼 고지식한 타입이 되면

곤란해.’

  걱정했습니다. 중학교 2학년 마지막 학부모 면담이 있을 때 저는 언제나처럼

“바빠서 못 간다.”

라고 하자

“한 번 너의 어머니 얼굴을 보고 싶다고 선생님이 말씀하셨으니까 한 번 정도는 가줘.”

  다른 때와는 달리 그런 식으로 말하기에 그 학부모 면담에 참석했습니다.

“아드님이 품행이 방정해서 장차 사회에 나가 이런 일 저런 일이 생길 때마다 잘 견디어 낼 수 있을까 하고 걱정했지만 전혀 다른 면을 보았습니다.”

“무슨 일이예요?”

“반에서 싸움을 제일 잘 한다고 들었어요.”

“설마 저희 애는 싸움따위 할 애가 아닌데요.”

“부모님도 모르셨겠지만요, 저도 물론 몰랐습니다. 어느 날 불량 집단 4, 5명이 덤볐습니다. 그 불량 집단을 상대로 몇 번 주먹이 오가더니 두목인 아이를 붙잡아서는 혼내주는 것을 보고 놀랐습니다. 너희들 앞으로 또 이런 짓을 하면 그냥 끝내지 않는다. 알았지, 멍청이들아. 하는 것입니다. 그런 말투를 쓰는 아이가 아니라고 생각하고 있었지만… 너무 무서운 얼굴로 화를 내고 있

었습니다. 싸움을 말리러 가려고 했지만 너무 놀라 그대로 그늘에 숨어서 보고만 있었습니다. 불량 집단하고 싸워서 이길 정도니까 걱정 마세요. 아드님은 힘도 세고 정의로우니까 아무 걱정 없어요. 저도 안심했습니다."

담임 선생님의 말은 그저 멍하니 듣기만 할 뿐이었습니다. 저는 아들이 그런 싸움을 하는 타입이라고는 믿을 수가 없었습니다. 평소는 동네 아이와 함께 행동을 했습니다. 그 아이는 공부도 잘하고 얌전한 아이였으므로 불량 집단과 상대할 용기나 힘이 어디서 나온 것인지 꿈에서조차 생각 못했던 일이었지만 담임 선생님의 그 이야기는 저를 안심시켜 주었습니다.

고등학교 때는 문예부에 적을 두고 있었습니다. 독서하기를 좋아하고 문장쓰기도 하였습니다.

"엄마 이런 거 읽어 보았어요?"

"이런 책은 모르겠는데."

라는 경우가 많이 있었는데 토오루의 서가를 보면 제가 보지도 듣지도 못한 책들이 여럿 꽂혀 있었습니다. 그러한 책들을 전부 읽은 탓인지 사물을 보는 시야가 넓었습니다. 우리 세대와 토오루의 세대하고는 읽는 책이 전혀 달랐습니다.

토오루는 법학부를 희망하는 듯했지만

"역시 비즈니스가 좋다."

해서 간사이(關西)대학 상학부에 진학했습니다. 법률에 밝은 아버지가 돈에 집착하지 않고 가정을 돌보지 않았던 점을 어린 마음에 혐오하고 있었는지도 모르겠습니다. 대학 때는 아르바이트도 자주 했습니다. 남편 못지 않게 잘 생겨서 여자 친구도 많은 듯했습니다. 그런 만큼 자존심도 세고 우쭐하는 데가 있는 것 같아서 저는 자주

"적당히 해두거라."

기를 꺽어 놓았습니다. 영어 회화도 잘해서 대학을 졸업하자 미국으로 유학을 갔습니다. 거기서 취직 활동을 해서 자동차 회사인 BMW나 토요타, 리크루트, 반도체의 TI등에서 권유를 받았습니다. 리크루트에서는 1000명중에서 뽑힌 50명 속에 들었고 게다가 마지막에는 엄선 된 5 명 속에도 들었던 것 같았지만 무역 부문을 갖고 있는 토요타하고 첨단 기술의 TI로 선택의 폭을 좁혀, 고민한 끝에

"21 세기는 역시 첨단 기술인 컴퓨터야."

라는 생각으로 반도체 메이커인 TI로 결정해서 본사에 채용이 된 듯했습니다. 미국에서 근무하게 된 토오루가 카즈에처럼 파란 눈의 미국 사람과 결혼할까봐 걱정 된 남편은

"일본으로 돌아오너라. 돌아오지 않으면 절대 용서 않겠다."

시끄럽게 재촉했습니다. 가운데에서 제가 중간 역할을 했지만 그러는 동안에 토오루도 꺽여 토쿄(東京)지사로 전

근이 되었습니다. 토오루는 동양인에게는 좀처럼 볼 수 없는 능숙한 회화 능력을 갖추고 있는 것 같아서 구미 사람과의 대화가 잘 통하는 듯하였습니다. 본사의 사장님에게서도 총애를 받고 있는 듯

"2, 3년간만이라도 좋으니까 본사에 오도록 하게."

하는 말을 들었다고 합니다.

저의 학원에 영어 회화를 공부하러 오고 있는 여자가 있었는데 그녀는 귀엽고 눈치가 빠른 여자였습니다. 1년 정도 지나서 저의 조수로서 채용을 했습니다. 물어보니 토오루를 알고 있었습니다.

"가끔 사귀고 있었니?"

"네"

하는 것이 토오루를 마음에 두고 있는 것 같았습니다. 저는

'좋은 아이인데 꼭 토오루의 아내로 맞아들여야 돼.'

마음 속으로 결정을 했습니다. 토오루에게는 2, 3명의 여자 친구가 있는 것 같아서 귀성했을 때

"올해 안에 결혼하도록 해라."

"그래도 아직 일러요. 결혼 같은 것 30살이나 지나서 생각해보죠."

해서 쉽사리 결혼하려고 하지 않았습니다. 토오루에게는 제가 화를 내며 말해봤자 아무 소용이 없었으니까 그녀를

극적으로 행동하게 해야겠다고 마음먹었습니다.

"네가 그렇게 얌전 얌전히만 있으면 안 돼. 좀더 적극적으로 접근해봐라. 너희들 사이에 아무 일도 없니? 나한테는 솔직히 말해. 너를 딸보다 더 귀엽게 생각하고 있으니까. 무슨 말을 들어도 놀라지 않을 테니까. 악수 정도는 했어?"

"네"

"키스 정도는 했을 거야. 그렇지?"

"네"

"그래, 그렇다면 좀더 가까운 사이야?"

"그건 아직."

해서 토오루와 사귄 지 4, 5년 된 사이지만 그 이상의 진전은 없다고 했습니다.

"그건 안 되지. 꽉 붙잡지 않으면 놓쳐버릴 거야. 너도 빨리 결혼 하지 않으면 부모님이 걱정하실 거야. 한번 최후의 선을 넘을 수 있도록 적극적으로 접근해 보는 건 어떨까."

"네. 그렇게 해 보겠습니다."

라고 했습니다. 그리고 나서 1, 2개월 후

"오늘밤은 돌아가고 싶지 않다고 했더니 토오루씨가 그런 건 결혼하고 나서 하는 거야. 너 여자지 여자가 그러면 어떻해. 창피하지 않아 라고 말해서 더 이상 할 말이 없었어요."

"너 그 정도 일에 지면 안 돼."

"안 돼요. 더 이상 말할 수 없어요."

라고 하길래 역시 젊은 여성에게 그 이상 강요는 할 수 없어서 방법을 바꿔 토오루를 설득하기로 했습니다.

"저쪽 부모님이 얼굴 한번 보고 싶다고 하니까 한번 모두 모여 식사하기로 할까."

"그럴 필요 없어요. 저쪽 부모님 저도 알아요. 집에 가서 식사한 적도 있으니까."

"그래도 한번 같이 하자."

일방적으로 날짜를 정했습니다. 약속한 날이 되자

"저는 좀 할 일이 있으니까 엄마만 다녀오세요. 전 나갈 수가 없어요."

"안 돼, 안 돼."

제가 화를 냈더니 마지못해 승낙을 하고 조금 늦게 왔습니다. 토오루가 있는 자리에서 그쪽 부모님께

"슬슬 결혼하도록 이야기를 하는 게 좋다고 생각하지만 그쪽에서는 어떻게 생각하는지 모르겠지만…"

말을 꺼내자 토오루는

'쓸데 없는 참견하지 마.'

라는 표정으로 눈을 치켜올려 저를 쏘아보고 있었습니다. 저쪽 부모님은 기뻐하며 어머니가

"그 말씀을 기다리고 있었습니다."

눈물을 흘렸습니다. 딸의 일로 4, 5년간 죽 걱정하고 있었던 모습이 뚜렷이 보였다. 그쪽 어머니의 우는 얼굴을 보고 토오루도 단념한 듯했습니다. 그렇게 되자 이야기는 척척 진행되었습니다.

"결혼식은 어떻게 할까요?"

"서로 오사카니까 성대하게 하고 싶지만…"

라는 의향이었지만, 저는 또 전과 같은 식으로

"하와이에서 하시죠. 제 딸 때도 하와이에서 올렸는데 좋았어요. 하와이에 가신 적은…"

"아니요, 아직 가본 적은 없습니다. 장사가 바빠서…"

그쪽 부모님은 에비수(戎)신사 근처에서 세라믹 그릇 같은 식기류를 취급하는 장사를 하고 계셨습니다.

"그렇다면 하와이 여행이랑 결혼기념 여행을 겸해서 한다고 생각하면 어떨까요. 쌍방이 천만엔 정도 비용이 든다고 치며 그 반으로도 충분하죠."

"글쎄요. 그것도 괜찮겠어요."

"자, 그러면 서로 일주일 정도 휴가를 내서 하와이에서 푹 쉬고 옵시다."

라고 이야기가 되어 그 후 약혼 예물을 교환했습니다. 예물의 액수는 월급의 액수에 따라 하게 되어 있습니다. 토오루는 월급이 많은 편이라서 좀 고급으로 했더니

"너무 훌륭한 예물을 주셔서…"

놀라며 그쪽의 할머니도 눈물을 흘리면서 기뻐하셨습니다. 그리고 나서 1개월 후 하와이의 교회에서 결혼식을 올렸습니다. 참석한 사람들이 많아서 토요코 때보다 성대한 결혼식이 되었습니다.

제가 생각했던 대로 토오루의 아내는 마음씨가 고와

"시어머니 그동안 건강하셨어요."

저의 생일 때는 선물을 보내기도 하고 친딸보다 더 귀엽게 느껴졌습니다. 토오루는 응석받이로 키운 것에 비해서는 효심이 지극했고 눈치도 빨랐습니다. 토오루는 때때로는

"엄마 탓으로 제 인생은 무덤이야."

했고 아이가 생겼을 때는

"이제 나는 끝이야."

저를 탓하곤 했지만 본심은 '잘 됐다' 라고 생각하는 것 같았습니다. 토오루는 현재 TI의 마케팅부에서 과장의 지위에 앉아 있습니다. 멀지 않아 독립해서 자기 회사를 세울 계획인 것 같습니다. 토오루의 아내가 임신했다고 하자 남편은 기뻐하며 손자의 이름을 여러 가지 생각하고 있었습니다. 토오루는 토오루대로 며느리는 며느리 대로 『수바루(昴)』라든가 여러 가지로 생각하여 어느 걸로 할까 옥신각신 하고 있었습니다. 저는 일체 모르는 척했습니다. 며느리는 오사카병원에서 출산했습니다. 퇴원 3일전까지도 이

름이 정해지지 않았습니다. 토오루 부부는 이걸로 할까 저 걸로 할까 하며 저에게 상담했지만

"글쎄 부부가 결정하는 게…"

상관치 않았습니다. 저는 퇴원 당일 날 가서

"아이 이름은 정했니?"

"아니요. 아직."

"내 생각인데 마음에 들지 어쩔지 모르겠지만 이런 건 어떨까 남이 하는 말을 잘 듣고 입으로 잘 전하고 그런 총명한 아이가 되어주었으면 하는 뜻에서 『사토시』라고 하 는 게 어때?"

"사토시라면 어떤 한자를 써요?"

"聖야. 귀와입의 임금이야. 쇼토쿠타이시(聖德太子)1)의 聖이야. 그러니까 쇼라고 불러도 되고 그렇지만 사토시가 좋지 않을까?"

그러자 아들과 며느리가 얼굴을 마주 보며

"그것 참 좋아."

해서 결정했습니다. 저도 솔직히 말해서 갑자기 떠오른 이름이었습니다. 조금 있으니까, 남편은 불편한 다리를 끌 며 와서

"아이 이름 결정 됐어? 내가 많이 생각했는데 이 중에 서…"

---

1) 일본 用明天皇의 둘째왕자

준비해온 종이를 주머니에서 꺼냈습니다. 저는

"벌써 결정된 것 같아요."

"뭘로."

"사토시라고 이런 한자에요."

"아, 그것 참 좋은 이름이네."

자식 내외가 자신들이 정한 걸로 생각하고 순순히 납득했습니다. 나중에 이름을 지은 것이 저라는 것을 알고

"너는 제멋대로… 내가 1 년이나 걸려서 생각했었는데 그걸 받아들이지 않고 너 언제부터 생각한 거야."

"그 자리에서 갑자기 생각이나 그 자리에서 모두가 결정한 거예요. 모두들 사토시가 좋다고 해서 그렇게 한 거예요."

며느리 부모님도 좋은 이름이라고 기뻐했답니다.

우리 집에는 배다른 아들이 한 사람 있습니다. 배다른 아들은 미쯔오(壹男)라는 이름이고 유치원 때부터 편애하지 않고 길렀습니다. 남편에게

"미쯔오를 저의 호적에 올릴까."

"그건 올리지 않아도 돼. 복잡해지니까…"

해서 호적에 올리지 않았지만 저에게는 장남이 둘 있는 것과 다름 없었습니다. 미쯔오에게는

"너는 장남이니까 정신 바짝 차리고 살아야 해."

언제나 자극을 주어 환기를 시켜주었고 토오루에게는

"너도 장남이야."

덧붙여서 주의를 주곤 했습니다. 미쯔오는 중학교 때도 고등학교 때도 얌전하고 착한 아이였지만, 중학교 3학년 때에 시험을 앞두고 있는 데도 불구하고 친구의 꾐에 빠져 술을 마시고 조금 자포자기하는 모습을 보인 적이 있었습니다. 엄마가 자기 친 엄마가 아니라는 생각에 삐뚤어진 행동을 보였는지도 모르겠습니다. 남편에게 호되게 야단을 맞고 매도 맞았습니다. 그럴 때는 역시 아버지의 관록이라는 것일까 그 이후 그런 자포자기의 행동은 전혀 하지 않았습니다. 그게 단 한번 있었던 일이었습니다. 저 자신도 배 아파 낳은 자식이 아닌지라 화를 내고 싶어도 때리고 싶을 때도 참을 때가 많았지만, 남편의 경우에는 친아들인지라 주저 없이 심하게 대할 때도 많았습니다. 제가 차마 볼 수 없어서

"그만 하세요."

화를 내며 말렸습니다. 그 점에 대해서는 미쯔오도 고마워 하는 눈치였습니다. 고등학교를 졸업할 때

"대학에 가고 싶으면 공부 열심히 해라."

"안 가."

해서 고등학교를 졸업하고 남편의 회사일을 도와주었습니다. 그러는 사이에 좋아하는 여성이 생겨 남편이 이러쿵 저러쿵 야단을 쳤지만

"서로 좋아하는 사이니까 결혼하게 해주세요."

허락해 주도록 해서 제가 모든 준비를 순조롭게 예식장
에서 결혼식을 올리게 했습니다. 지금은 손자가 남자아이
만 2명으로 남편도 기뻐하고 있습니다.

논어

저는 이럭저럭 겨우 아이를 4명 키웠지만 되돌아보니 '어머니로서 아이를 훌륭하게 길렀구나 나도 열심히 살았고.' 자화자찬하고 있습니다. 실제로 자신의 일을 가지면서 아이를 키우는 데도 필사적으로 괴로우니 어쩌니 할 겨를도 없었다는 것이 사실 일지도 모르겠습니다. 그런 데도 불구하고 주부로서 별로 고생도 안 한 것처럼 보이는지 저에게는 남편도 없고 아이도 없는 독신 여성으로 보는 사람이 많아서 깜짝 놀랐습니다. 아마 그것은 혼자서 자유롭게 돌아다니는 탓인지도 모르겠습니다.

외화를 보는 것은 듣기 연습이 되고 영어 교육에도 도움이 되기도 해서 바쁜 한창일 때도 『바람과 함께 사라지다』라든가 『전쟁과 평화』같은 영화가 들어오면 유아를 데리고 나가 2시간 정도 골치 아픈 현실에서 도피할 때도 있었습니다. 그것은 또한 『내 청춘에 후회는 없다』에 도취하는 순간이기도 했습니다. 학원 일이 바쁘다고 해도 집안 일을 게을리 하지는 않았습니다. 아이에게는 손수 만든 요리를 먹였고 빨래도 빠짐없이 하여 항상 깨끗한 옷을 입혔습니다. 남편은 철저한 '남자니까' 하는 주의였기 때문에 제가 학원 일이 바빠도 아이를 돌보거나 집안일을 돕거나 하는 사람이 아니었습니다. 그러니 제가 모든 것을 다 할 수 있는 길은 잠을 줄일 수 밖에 없었습니다. 그런 사정 때문에 수면 시간을 꽤 희생하지 않으면 안 되어서 제 몸은 저도 모르는 사이에 혹사당하고 있었던 탓인지 제가 49살 때 사카이 교실에서 강의를 하는 중에 쓰러지고 말았습니다. 그때까지는 좀 열이 있어도 수업을 하다 보면 열도 내려가고 평상시의 몸으로 되돌아오곤 했지만 그날만은 달랐습니다. 지독한 고열로 인해 그대로 병원으로 가 즉시 입원을 하였습니다. 렌트겐 검사결과 폐결핵이나 그렇지 않으면 폐암이라는 진단이 나왔습니다.

'폐암이라면 내 목숨이 이걸로 끝이구나.'

각오를 하고 있었지만 최종적인 진단은 암이 아니고 단지 폐결핵이어서 킨키(延畿)중앙병원에 6개월간 입원하게 되었습니다. 매일 매일이 주사의 연속이었습니다. 담당 의사가

"환자분의 몸은 원래가 그다지 강인한 편이 아닌데 너무 무리를 하셨군요. 퇴원하면 아무것도 하지 마시고 편히 놀기만 하세요."

라고 말했습니다. 사실 어렸을 때 앓기만 하여 어머니에게 걱정을 끼쳐 드렸었는데 아이 3명 낳고부터는

'아이를 키워야 돼.'

하는 마음이 날이 갈수록 강해져서 병을 모르는 건강한 몸이 되어서 무리를 거듭했는지도 모르겠습니다. 영어 학원이 잘 되어서 하루 세끼를 먹을 시간조차 없었고 강의 강의의 연속이었습니다. 입원 중 학원을 어찌할 바를 몰라 이리저리 궁리만 하다가

"당분간 쉴게요."

하는 말도 안 나와 망설이고 있었는데 한 학생의 어머니가 어떻게 알고서는 문병하러 와 주었습니다. 그러는 새에 모두에게 알려져 버려 계속해서 꽃다발을 들고 문병객이 몰려들어 의사 선생님에게서 주의를 받은 정도였습니다. 문병하러 와 준 어머니에게는 결국

"학원은 그만 두려고 해요."

말했지만

"그건 말도 안 돼요."

말리는 어머니들도 많았습니다. 입원한 6개월 동안은 자기 인생을 다시 한번 생각해 볼 수 있는 다시 없는 기회

였습니다. 지금까지는 외국 작품만 읽었었지만 처음으로 일본 작품에 눈을 돌려 타나베 세이코(田皿聖子)등의 소설을 읽었습니다.

'살아가는데 있어서 무리를 해서는 안된다. 돈따위에 집착하여 너무 욕심부리지 말아야 한다. 역시 인생은 즐겁게 살지 않으면 안 돼. 아이 키우는 것도 끝났고 지금까지 너무 욕심부리며 살았던 방식은 버리고 욕심부리지 않고 자기가 하고 싶은 일만 하자. 남편과의 일도 무리하지 말고 싸움도 하지 않고 자연스럽게 살아가자.'

라는 결론에 도달했습니다. 퇴원 후에는 사카이와 나라 두 개의 교실만 남겨서 편안하게 가르쳤습니다. 학생 모집도 굳이 하지 않고 되는 대로 내버려두었습니다. 그래도 30명 정도 와서 때로는

"선생님은 이제 그만 하려고 해요."

"그건 싫어요. 일주일에 한번씩이라도 해 주세요."

"그렇다면 앞으로 1년만 너희들이 대학에 들어갈 때까지."

해서

'앞으로 1년간은 아이들과 논다 생각하고 하자.'

하는 기분으로 학원을 계속했습니다. 그러는 편이 학생들도 좋은 듯

"너희들 무리하지 마. 여기까지 마스터하는 게 보통이지

만 힘들면 그렇게 무리할 것 없어. 노는 것도 소중한 일이 니까…"

하면 오히려 더 열심히 하는 경우도 있었습니다. 생각해 보면 입원하기 전까지 저의 강의는 스파르타식 교육으로 눈을 뜨며

"왜 잊어버렸어, 이 바보."

호되게 꾸짖었지만 아무리 열심히 가르쳐도 잊어먹어 오 는 아이는 역시 잊어 먹었습니다. 요즘 아이들을 공부하게 만들려면 "하거라" 하고 명령하기보다는 "하지 않아도 좋 아" 라고 말하는 편이 더 효과가 있는지도 모르겠습니다. 학원을 확대하면 결국 자신의 시간이 없어져 버리는 결과 가 되기 때문에 학원의 규모는 조금씩 축소시키는 방침으 로 바꿔

'내 청춘에 후회는 없다. 내 인생에 후회는 없다.'

라는 생각을 갖고 자신이 하고 싶은 것을 하기로 정했습 니다. 그래서 집안일만 있지 않고 되도록 밖으로 돌아다녀, 영화는 물론이고 그림이나 골동품을 보러 다녔습니다. 미 국 여행도 해마다 즐기고 있습니다. 부시 대통령 재임 때 에는 풀불라이트 장학생 모임의 일원으로서 미국을 방문하 여 화이트 하우스에서 대통령을 접견하는 영광을 얻었습니 다. 그 때는 저의 영어 실력이 도움이 많이 되어 무척 기 쁜 경험을 하였습니다. 한편

오리건주의 선박 회사에 다니던 미국 사람은 정년퇴직해서 여유 있는 생활을 보내고 있었지만 최근 암으로 입원해서 내일을 기약할 수 없는 상황이 되었습니다. 그래서 문병을 겸해서 미국에 가보았는데 큰딸이 미국에 살고 있어서 딸네 집에서 묵는 일이 많아졌습니다.

저는 엉뚱한 일로 『사법 통역인 협회』설립에 참가하게 되어 부회장으로 추대되어 영어 통역을 담당하게 되었습니다. 그런 관계로 죄를 진 피고인과 자주 면담했습니다. 뭔가 사정이 있어 죄를 범했지만 역시 저와 똑같은 사람으로 선악을 분명하게 분별할 수 있는 사람이라는 생각이 들었습니다. 이것이 세상에서 흔히 말하는 '죄는 미워해도 인간은 미워할 수 없다.' 라는 것일까요.

최근 자주 느끼는 것인데 미국이나 일본이나 한국, 아니 모두 세계가 공통으로 교육문제, 특히 젊은 사람들의 교육문제로 머리를 썩히고 있다는 느낌이 들었습니다. 특히 미국에서는 청소년의 흡연자가 많아지고 흡연으로 인하여 청소년들이 일찍 죽어가는 사실이 밝혀졌습니다. 그래서 클린턴 대통령이 직접 특별 성명을 발표하고 담배 자동판매기를 전부 철거할 것, 텔레비젼이나 다른 매스미디어에서도 담배의 선전을 일체 금할 것, 등 청소년의 금연을 바라는 4 원칙을 명확히 내세웠습니다. 이에 대해 담배 관계업자들로부터 반대의견이 나왔지만

"이것은 미국의 장래에 관한 문제다."

클린턴 대통령은 그런 반대의견을 받아들이지 않았습니다. 저는 클린턴 대통령의 의연한 태도에 감동하여 일본도 이런 것을 본받아야만 한다고 생각했습니다. 요즘 도덕의 저하는 차마 눈뜨고 볼 수 없는 참상이고 장차 이 나라를 짊어질 젊은이들을 키우기 위하여 역시 어릴 때부터의 예의범절이 중요하다고 생각합니다. 그런 점을 어른들이 좀 더 신경을 써 주어야 하지 않을까요. 그래서 미국에서는 청소년들의 도덕정신 함양을 위하여 동양사상 특히 공자 맹자의 유교사상이 각광을 받고 있습니다. 생각해 보면 일본은 그 유교를 원점으로 한 도덕 관념이 에도(江戶)[1]시대에 이미 확립되었고 널리 퍼져 있었습니다. 그러나 일본은 그 도덕관념을 스스로 포기해 버려서 지금은 옛모습을 찾아볼 수 없으니 참으로 답답한 일입니다. 청소년의 건전한 정신을 육성을 생각하다보니 예전에 고등학교 한문 시간 때 배웠던 논어의 일절이 생각이나 유교의 도덕들이 재조명되어야 한다고 생각되었습니다.

우연히 요시노 마을을 방문해서 어르신네 몇 분과 이야기를 하고 있을 때 갑자기

"리라니, 아니 그럼 너 옛날 여기 자주 왔던 그 리씨하고 같은 성이네…"

---

1) 德川 씨가 江戶에 ( )를 세워 통치하던 시대.

아버지의 이름을 말씀하셨습니다.

"알고 계십니까?"

"잘 알지. 달변가에다 수완가였지. 주문만 하면 옷이든지 신발이든지 뭐든지, 구해다가 가져와 주셨지. 좋은 분이셨지. 이미 돌아가셨다고…"

"그래요. 우리 아이들은 언제나 사탕을 받고 기뻐해 했어. 정말 좋은 아버지였어."

라고 아버지를 그리워했습니다. 겉보기에만 좋았던 아버지는 저희들에게는 좋은 아버지라고 할 수 없었지만 마을 사람들은 무척 좋아했던 것 같았습니다. 아버지의 행상으로 저희 집도 주머니 사정도 좋아졌고 제가 대학에 갈 수 있었던 것도 지금 생각해 보면 아버지가 자식을 위하여 열심히 돈을 버셨기 때문인데 저희들이 어렸을 때는 그런 점을 미처 깨닫지 못했었는지도 모르겠습니다.

아버지는 1992년 91세의 나이로 돌아가시고 그 2년후 어머니도 뒤를 따르듯 82세의 나이로 돌아가셨습니다. 어머니가 아버지에게 애쓰고 있었던 모습을 여러가지 생각해 보면 저는 그 10분의 1도 남편에게 해주지 못했다는 생각이 들어 남편에게 미안한 생각이 들지만 그것도 시대의 변천이라고 저 자신을 위로하고 있습니다. 저의 7형제들도 모두 나름대로 잘 자라 그 중에는 지역의 고액 납세자로서 기업 경영을 열심히 하는 사람도 있어서 누나로써 기쁘기 그지없습니다.

　제 친구인 니시 카즈코씨는 대학을 졸업한 후 나라시내에 있는 중학교 에 근무했고 3년후 쯤에 고향인 고치(高知)로 전임했습니다. 그 몇년 후 니시카즈코씨를 만나러 갔었습니다. 마늘이나 김치를 직접 담글 수 있다고 해서

　"넌 나보다 한국인 것 같애. 어느 쪽이 한국 사람인지 몰라. 너의 조상은 틀림없이 한국에서 왔을 거야."

　"정말 그럴지도 모르지."

　웃고 있었습니다. 당시 니시 카즈코씨는 시를 짓고 있는 같은 학교의 시미즈(淸水)선생님하고 결혼해서 육아에 쫓기고 골골하시는 시어머니까지 돌보고 있었지만 타고난 활동력을 발휘하여 열심히 살고 있었습니다. 그런 니시 카즈코씨를 최근 만났는데

　"전혀 변하지 않았네. 무척 부러워. 언제 보아도 활발하고 건강한 것 같애."

　라는 말을 하였습니다.

　니시 카즈코씨의 남편은 시집을 출판하고 박물관의 관장도 역임해서 지역의 명사로 알려졌습니다. 그 뒤로 니시 카즈코씨는 아이를 키우면서도 시어머니의 간호에 고생했는지 모르겠습니다. 그러나 정신력은 예전과 변함없이 건강해 보였습니다. 그런 니시 카즈코씨가

　"너하고 유교하고 어떻게 인연이 됐니?"

놀랐습니다. 저는 요즘 일종의 사회봉사로서『온유회를 주최하게 되었습니다. 그렇게 된 것은 은사이신 고등학교 담임 선생님이 한문과 고전, 국어 선생님이었고 그 수업에서 논어의 한 구절에 감명 받았던 것과 요즘 세상이 너무나 도덕관념을 경시하는 경향으로 흘러가는 것도 하나의 원인이었습니다. 덧붙여서 1996년 6월 오사카에 있는 오사카나라 현인회2)의 회의실에서 열린 '논어를 공부하는 모임'에서 저는 다음과 같은 인사를 했습니다.

여러분 안녕하세요. 이렇게 많이 와 주셔서 고맙습니다. 6월이라고 하면 벌써 1년의 한가운데 와 있고 올해도 앞으로 반년 밖에 없구나 하는 느낌이에요. 6월은 장마가 시작되는데 매실이라는 글씨에 비를 뜻하는 글씨를 써요. 제가 태어난 곳이 나라현의 니시 요시노 마을인데 매실 재배로 유명한 곳이에요. 6월 하면 비가 많이 오지만 저는 6월이 좋아요. 왜냐하면 학교에서 돌아오는 길에 푸르고 싱싱한 매화 열매를 하루에 2개정도 따서 그걸 깨물면서 힘을 내곤 했었기 때문이에요. 또 하나 6월이 좋은 것은 수국이 피기 때문이에요. 수국은 뭐라고 할까 소담스럽고 우아한 모습으로 여러 가지 색으로 변해 가지요. 그런 변하는 모습을 보고 있으면 여성이 성장해 가는 모습을 보는 것처럼 느낄 수 있다고 할까요. 그런 여자가 되고 싶다고 생각하

---

2) 같은 현 출신의 모임

면서 수국을 보고 있었어요. 설립 기념 강연회를 끝내고 벌써 2개월이 지난 6월에 『논어를 공부하는 모임』이라는 것으로 오늘이 첫번째 모임이에요. 설립기념 강연회에서 강연을 해주신 가지 노부유키(加地伸行)선생님한테서 격려의 편지를 받았어요. '논어를 공부하는 모임' 열심히 해주세요. 자신의 경험을통해서 읽는 것이 가장 중요하다고 생각합니다. 여러 분의 인생 경험을 거쳐서 읽는 법 그것이 올바르게 이해하는 길이라고 생각합니다. 앞으로 더욱 성대한 모임이 되기를 기원합니다 라고. 처음 오신 분도 있으니까 온유회에 대해 생소한 분도 있다고 생각해요. '안내서'를 가지고 있어요? 1페이지에 대개 어떤 일을 하는 곳인지 써 있으니 잘 읽어봐 주세요.

논어라는 것은 아주 오래된 것이에요. 일본에 전해지게 된 것은 오오닌(應行)천황 때 4세기 경 조선의 백제에서 오아인 박사가 유교의 교과서라고 말할 수 있는 논어 10권과 한자 교과서인 천자문 1 권을 가지고 들어와 일본 조정에 헌상하였다는 것이 니혼셔기(日本書紀)에 적혀 있어요. 왕인이라는 분이 일본에 처음으로 문자를 전했다고 해요. 우리들은 살기 위하여 매일 식사를 하지만, 그것과 마찬가지로 이것은 마음의 양식, 인간으로 살아갈 때 마음의 양식이라고 할까요. 그렇기 때문에 아무런 저항없이 자연스럽게 받아들일 수 있고 지금까지 자신도 모르게 그런

식으로 생각하면서 살아왔다고 생각하지만, 그런 지침서가
아닐까 생각해요.

따뜻하고 원만한 가정 생활 또는 친밀한 인간관계라든가
그런 생활을 즐길 수 있도록 기원하고 있어요. 스위스의
인류학자이기도한 페스탈로치라는 사람이 "가정은 도덕을
배우는 학교다" 라는 식의 말을 하고 있어요. 가정 내에서
의 자세가 얼마나 중요한 것인지 아버지는 물론 특히 아이
의 옆에 있는 어머니의 영향이 더욱 크다고 할 수 있겠어
요. 제 자신을 잠깐 생각해 보면 저는 한 인간이며 그리고
여성이고 아내이고 또 한 어머니기도 해요. 최근에는 할머
니기도 하지만 이런 제가 좋은 쪽으로 변하면 저를 대하는
상대방도 변하는 것이에요. 예를 들면 집에는 남편 밖에
없지만, 아침 일어나서 웃으면서 "잘 잤어요?"라고 하면
뭔가 기쁜 듯한 얼굴로 "응, 당신도?" 라고 반응해 주어요.
저는 저혈압이고 아침에는 별로 기분이 없어요. 그럴 때는
밀 없이 눈만 마주칠 때가 많고 상대방도 쳐다보기만 할
뿐 아무 말도 하지 않아요. 그래서 나의 행동 나름이라고
느끼고부터는 상대방에 대한 배려를 하고 있어요. 이것이
공자님이 말씀하시는 『인(仁)』다시 말해서 사랑의 근원이
라고 할까요. 상대를 이해하려는 마음가짐은 인간에게 있
어서 절대적으로 필요한 것이에요.

최근 공존공생이라는 말을 자주 듣지만 왜 이제 와서 이

말이 나왔는지 이상할 정도예요. 노장사상에는 2000년이래 자연과의 공존을 호소하고 있었고 공자의 논어의 기초라고 생각해요. 유리들 유교 문화권에서 살고 있는 사람으로서 동아시아의 고유 문화를 소중하게 구체적으로 말하자면 우리들이 논어를 공부하면서 풍족한 생활을 누리는 것이 근본적인 생각이에요. 우선 모든 것은 자기 자신의 하기 나름이라는 것을 깨닫기 바랍니다.

앞으로 '온유회'를 즐겁게 공부할 수 있는 모임으로 만들고 싶어요. 다행이 제 생애의 은시이신 나카가이토 고이치 선생님께서도 "힘껏 도와주겠소"라고 해주셨어요. 그 말에 너무 매달려서도 안 되겠지만 그 말씀을 100% 호의를 받아들이고 싶어요. 마지막까지 따뜻한 마음으로 지켜봐 주세요.

내 청춘에 후회는 없다

인쇄일 초판 1쇄   2002년 05월 15일
       2쇄   2015년 08월 05일
발행일 초판 1쇄   2002년 05월 24일
       2쇄   2015년 08월 15일

지은이 이 화 자
발행인 정 진 이
발행처 새미
등록일 1994.03.10, 제17-271호
서울시 강동구 성내동 447-11 현영빌딩 2층
Tel : 442-4623~4 Fax : 442-4625
www.kookhak.co.kr
E-mail : kookhak2001@hanmail.net

ISBN 978-89-5628-009-7 *03800
가 격 10,000원